チェンソーマン

バディ・ストーリーズ

原作 藤本タツキ 小説 菱川さかく

小説 JUMP j BOOKS

CHARACTERS

デンジ

相棒のポチタをその身に宿す、『チェンソーの悪魔』の少年。自分の欲望に正直。初めて人並扱いしてくれたマキマが好き。

ポチタ

『チェンソーの悪魔』。
デンジに心臓を与え、体の一部となる。

マキマ

公安対魔特異4課を取り仕切るミステリアスな女。悪魔の匂いを嗅ぎ分ける。

アキ

マキマの忠実な部下。デンジの3年先輩で、お目付役に任命される。

パワー

『血の悪魔』の魔人。自分勝手で暴走しがち。猫のニャーコが唯一の友達。

姫《ひめ》野《の》

後輩のアキと、バディを組んで行動する。『幽霊の悪魔』と契約。

クァンシ

デンジを狙う、中国からの刺客。岸辺の元バディで人類最強とも言われる。

岸《きし》辺《べ》

特異課に所属し、並外れた戦闘力を持つ最強のデビルハンター。デンジとパワーの先生。

STORY

悪魔のポチタと共にデビルハンターとして暮らす少年・デンジ。借金返済のためこき使われるド底辺の日々を過ごしていたところを、裏切りに合い殺されてしまう。だが、ポチタがその命と引き換えにデンジを『チェンソーの悪魔』として蘇らせる! 敵を皆殺しにしたデンジは、マキマに拾われ公安のデビルハンターとなるのだった。

公安ではマキマの部下・早川《はやかわ》アキの隊に配属され、『血の悪魔』の魔人・パワーとバディを組まされることになったデンジ。

普段はパワーとともにアキの家に居候して生活し、悪魔駆除の任務に挑む日々。

最強のデビルハンター・岸辺による地獄の特訓を受けてパワーアップも果たしたデンジは、悪魔や魔人、デビルハンターなど次々に襲い来る敵を退けていくが、激しい戦いの中で仲間たちも一人また一人と命を落としていく。やがて、アキの家族の仇であり、行方不明だった最強の悪魔『銃の悪魔』とデンジは対峙することになるが、それはデンジを狙う陰謀の一端に過ぎなかった…。

CONTENTS

［第1話］名探偵パワー様と助手のデンジ

そこは営業時間を終えた、古びた劇場だった。

薄暗い空間に集められた八名の観客が、最前列の席で不安そうに辺りを見回している。

次の瞬間、まばゆいスポットライトがステージを照らした。

「本日はお集まり頂きありがとうございます。招待状は受け取ってくれたようですね」

よく響く声とともに光の中に浮かびあがったのは、シルクハットをかぶったタキシード姿の男だ。彼はあっけに取られる観客に向けて、にっこりと微笑《ほほえ》んだ。

「これから皆様にとっておきのステージをお見せします。どうぞ最後までお楽しみを。助手君、映像を！」

「はい、任せて下さいっ」

劇場の最後方に立つ半ズボンの少年が、プロジェクタを操作する。

スクリーンに映像が映し出されると、男は大仰に手を広げた。

「こちらは皆さんがキャストとして出演された『最後の一人』の動画です。仮面をかぶった登場人物達《たち》が一人ずつ消えていく群像劇の最中、本当に一人の人間が忽然《こつぜん》と姿を消してしまった。いわば人体消失事件。この私をもってしても、ひどく不可解な謎《なぞ》でした」

ふいに立ち止まった男は、今度はポケットから虫眼鏡《めがね》を取り出した。

「謎——このステージは謎の匂いに満ちています。しかし、あらゆる手品にはタネがある。重要なのは観察です。観察こそが真実への唯一の扉になるのです」

彼はそう言って、虫眼鏡のレンズをおもむろに観客に向けた。

「そして、謎を用意した犯人はこの中にいます」

客席に大きなどよめきが走ると、男は薄い笑みを浮かべ、一本の紐《ひも》を取り出した。

紐の中心には、大きな結び目がみてとれる。

「謎の結び目は、今——ほどかれました」

彼が紐の両端をゆっくりと左右に引くと、固く結びついていた塊《かたまり》が綺麗《きれい》にほどけて消えた。誰かが息を呑《の》む音が漏れる中、男は紐を真上に投げる。一瞬のうちにステッキへと変《へん》化《げ》したそれを難なくキャッチし、くるりと回した先端を、とある人物に向けた。

「犯人は——あなたです」


「……おい」

「……」

「おい、パワー」

「……」

「おいって」

テレビにかじりつくように座るパワーの肩《かた》が、後ろからぐいと摑《つか》まれた。

振り返ると、くすんだ金髪《きんぱつ》をしたチンピラ風の男が、口をへの字にして見下ろしている。

パワーは細眉《ほそまゆ》をひそめ、頭から突き出た深紅の双角を、威嚇するように相手に向けた。

「なんじゃ、デンジ。今いいところなんじゃ、邪魔をするな」

「お前のが邪魔なんだよ。テレビから離れろ。リモコンきかねえだろ」

「嫌じゃ」

再び顔をテレビに向けると、もう一度肩を摑まれた。

「だから、どけって。俺も見てえのがあるんだよ」

「はぁ？　何を見る気じゃ」

「ニュース」

「ニュース……」

パワーはぶっと吹き出す。

「ガハハハッ、その顔でニュースとは面白くない冗談じゃ」

「うるせえなあ。ツラのいい女が出てんだよ」

「あぁ……マキマにちょっと似てるとウヌが言ってた女か。くっだらんのぅ。そんなけったくそ悪いもの見たくもないわ」

本音を口にすると、デンジがむっとして言い返してくる。

「じゃあ、お前が見てんのはなんだよ」

「知らんのか。手品探偵じゃ」

「手品探偵ぃ？」

「そうじゃ。手品探偵はどんな謎も解きほぐす名探偵なんじゃ」

『解決！　手品探偵　～タネも仕掛けもございます～』は夕方にやっているテレビアニメで、普段はしがない高校生が、実は凄腕《すごうで》の手品師として様々な謎を解決する探偵ものだ。

謎解き自体に興味はないが、皆の注目の中、鮮やかに事件を解決して喝采と尊敬の眼差《まなざ》しを浴びるのが心地よく、ここ最近パワーのお気に入り番組になっていた。

注目。喝采。尊敬。それらはすべからくパワーが求めているものだ。

パワーはゆっくり立ち上がると、神妙な顔つきで室内を見渡した。

「犯人は、この中におる」

「……この中？」

持ち上げられた人差し指が、棚の上で丸くなっているニャーコを通り過ぎ、デンジにまっすぐ向いた。

「謎の結び目は今ほどかれたのじゃ。犯人はウヌじゃ、デンジ」

「え～……なんの犯人だよ」

「……さあ？」

「さあ？」

「いや、思い出したぞ。冷凍庫のアイスを食った犯人じゃあ」

「それお前が昨日食ってたじゃん」

「は……？　食ってないが？」

「コワ～……」

デンジは一歩下がった後、ふいに腹を抱えて笑い出した。

「つーか、な～にが手品探偵だよ。それってガキ向けアニメだろ。ぎゃはははっ」

「なんじゃとぉっ。手品探偵を馬鹿にするなぁっ」

パワーは弾《はじ》けるようにデンジに摑みかかった。直情的なところはよく似ている二人である。巻き込まれたカーテンがレールから引きちぎられ、カウンターの調味料が床一面にぶちまけられる。二人はもつれあったまま食卓に突っ込んだ。

「こらぁっ。お前ら、うるさいぞっ。電話中だっ！」

奥にいた黒髪《くろかみ》の男が、受話器の話し口を手で押さえながら叫んだ。

「……あいつが一番うるせえよなぁ」

「周りの迷惑もちっとは考えるべきじゃぞ、チョンマゲ」

互いの襟首を摑みながら、デンジとパワーは同時にぼやく。

電話を切ったアキが、眉間《みけん》に深い皺《しわ》を寄せて二人の前に仁王立ちになった。

「黙れ。口答えするな。ここは俺の家だ。大人しくそこに座れ」

「……へいへい」

「……うっさいのぉ」

デンジとパワーは顔を見合わせ、しぶしぶとその場にあぐらをかいた。

「まず家の中で暴れるな。それから、俺には敬語を使え。いつになったら覚えるんだ」

「あ〜？　テメエに敬語使って、な〜んの得があんだよオ」

「チョンマゲの分際で無礼じゃぞっ」

床に広がった調味料を苦々しく見つめ、アキは残念そうにつぶやいた。

「そうか……じゃあ、デンジは晩飯抜きだな」

「おい、なんだよそれっ」

「ガハハッ、手品探偵を馬鹿にするからじゃあ」

「で、パワーの献立は人参《にんじん》とゴボウのサラダだ」

「あがあっ？」

空腹はデンジの、そして野菜はパワーの天敵だった。そういうところを的確についてくるのが、この家の主《あるじ》だ。

「早川《はやかわ》先輩……」

「先輩……」

二人がしおらしく正座をすると、アキは大きく溜《た》め息《いき》をついた。

「今から公安に行け。マキマさんが、お前らをお呼びだ」

＋＋＋

悪魔——名前を持って生まれ、人を恐怖に陥れる存在。

その駆除を目的にした公安警察における対悪魔の総本山が、パワーとデンジが所属する公安対魔特異課《こうあんたいまとくいか》である。

ひんやりした緊張感の漂うフロアの一室に、茜色《あかねいろ》の陽射《ひざ》しが斜めに差し込んでいた。

逆光の中で、奥に座る端正な顔立ちの女が口を開く。

「パワーちゃんが早川家で暮らし始めて十日だけど、みんなで仲良くやってる？」

淡々とした口調でありながら、胸の内にすうと染み込むような声色《こわいろ》。

デンジ達の上司であり、内閣官房長官直属のデビルハンターであるマキマだ。

底知れぬ威圧と、全てを射すくめる視線。心臓《しんぞう》に直接触れられているかのような奇妙な寒気を覚え、パワーの身体《からだ》は自然とこわばる。

「や、やってる。仲良くやっておる」

目を逸《そ》らしながらおおげさに頷《うなず》くと、隣のデンジがのんきな顔で指さしてきた。

「マキマさん、聞いてくださいよお。こいつ、全っ然風呂に入らねえんですよ」

「さ、最近は三日に一度は入っておるわっ」

「糞《くそ》も流さねえし」

「二度に一度は流しておるわっ」

「いつも流せよっ」

「私が話していいかな」

マキマが会話に割って入り、パワーの背筋が反射的に伸びた。

「公安に悪魔駆除の依頼があったんだ。私は二人にやってもらおうと思っているの」

「あ〜、ワシはその日は急用の会議があるのお……」

「まだ何も説明してないよ、パワーちゃん」

マキマは薄く微笑んで、封筒から書類を取り出した。

「依頼人は、宿泊業を営んでいる実業家。山奥にある物件の一つで、宿泊客が消える事件が起きたみたい」

「人が、消える……？」

思わずつぶやいたパワーの横で、デンジが軽く右手を挙げた。

「そいつぁ、悪魔がやったんスか？」

「うん。その可能性が高いと私は思っている。ただはっきりした目撃情報がないのが謎と言えば謎だけどね」

「謎……」

再びパワーが、口を小さく動かす。

マキマは机に両肘《りょうひじ》をつき、意味ありげに顔の前で手を合わせた。

「これまで何度か言ってるけど、公安対魔特異4課は実験的な部隊なんだ。結果をだせなかったらすぐにでも上の方々が解隊しちゃうかもしれない。私としてはもっと二人の活躍を見たいんだけど……私に活躍見せられそう？」

デンジはわんっと鳴き出さんばかりに、自身の胸を勢いよく叩《たた》いた。

「任せて下さいよぉ。俺がド～ンと頑張って、バーンと解決しちゃいますから」

「期待してるよ、デンジ君。パワーちゃんは？」

マキマの瞳が、パワーにまっすぐ向けられる。

「…………やる。ワシもやるぞ」

急に呼び出されたのもあって、なんとなく気乗りがしなかったが、話を聞いて気が変わった。パワーは両手を中空に突き上げて叫ぶ。

「人体消失っ。謎っ。手品探偵パワー様にふさわしい事件じゃっ」

「……？」

マキマが小首を傾《かし》げると、デンジが呆《あき》れ顔で言った。

「こいつ、手品探偵とかいうガキアニメにはまっててんですよ」

「手品探偵……ああ、夕方にやってる番組だよね。パワーちゃんも手品探偵みたいに、鮮やかに事件を解決してくれるのかな」

「お、おおっ」

パワーは頬《ほお》を上気させて、何度も頷いた。既にその脳内では、煌《きら》びやかなステージで謎を鮮やかに解き明かす己の姿と、降り注ぐ称賛の声がありありと再現されている。

勇んで部屋を出ようとすると、マキマが思い出したように告げた。

「ああ、そうだ。今回は民間のデビルハンターも呼ばれているみたいだから、仲良くするようにね」

＋＋＋

都心から電車で二時間。

バスで一時間半。

さらに別のバスに乗り換えて一時間。

そこから山道を登ること三十分。

目的の建物は、人里離れた山奥にあった。

「うおおぉ、やっとついた……」

「こんなところに誰が泊まりにくるんじゃ……」

マキマに呼び出された三日後。悪魔駆除の仕事にやってきたデンジとパワーは、肩で息をしながら草むらに座り込んだ。

「……ったく。いくら巡回エリア外だからって、なんで俺がこんなとこまで引率に来なきゃいけないんだ」

現場までついてきたアキが、後ろで煙草《たばこ》をふかしながら悪態をつく。

「じゃあ、俺は帰るが、くれぐれも逃げ出すような馬鹿な真似《まね》はするなよ。どんな目に遭うかわかっているな」

デンジとパワーは、保護者をじろりと睨《にら》んだ。

「わ～ってんよ、うっせえなぁ。俺ぁマキマさんに活躍するって約束したんだ。誰が逃げるかよ」

「同居人を信用できんとは、チョンマゲは心の貧しい奴《やつ》じゃあ」

「信用して欲しいなら日頃の態度から改めろっ。せいぜいしっかり働けよ。公安の名に泥を塗るんじゃないぞ」

アキはそう言い捨てて、山道を降りて行った。

「あいつ、うるせぇよなァ」

「きっと病気なんじゃ」

ひとしきりアキの悪口を言うと、パワーは少しすっきりして視線を奥に向けた。

都会に比べて、ここは風がよく通る。ニャーコと山で暮らしていた頃に馴染《なじ》んだ草や土の匂いが鼻腔《びこう》を抜けていった。

そして、蔦《つた》の絡んだ重厚な門構えの向こう側に、目的の洋館は佇《たたず》んでいた。鬱蒼《うっそう》と広がる暗い森を背景に、真っ白な外壁が見事に映え、さながら一枚の絵画のようである。

なんというか、いかにもな舞台が整っている気がした。

まるで天才探偵パワー様のために用意されたかのような舞台が――

「ふ〜ん、あれが客が消える屋敷ってやつか」

「人体消失っ。謎っ。このワシに相応《ふさわ》しい舞台じゃ」

上機嫌に声を上げると、デンジが不審げな表情を浮かべた。

「つーか……家出る時から気になってたけど、その格好なんなんだよ」

「見てわからんか。手品探偵じゃ」

パワーは頭に載《の》せた小さめのシルクハットをご機嫌に傾けてみせた。

嬉《うれ》しそうに、その場でくるりと一回転する。

「どうじゃ、似合っておろう。風呂掃除を一か月やる条件で、チョンマゲに買わせたんじゃ」

「はぁ〜？　なんだよ、それ」

「ガハハハッ、風呂掃除なんて下僕仕事をやる気は毛頭ないがのう。手に入れればこっちのものじゃ」

「それで悪魔とやり合う気かよ」

「巡回エリア外じゃから、角が隠れてちょうどいい、とマキマも言っておったそうじゃ」

「……別にいいけどよぉ」

地べたにあぐらをかいたまま嘆息するデンジの横で、パワーは青空に向かって拳《こぶし》を突き上げた。

「ガハハハ！　事件！　探偵！　助手！　観衆！　これで全てが揃《そろ》ったぞ」

「事件と探偵はともかく、助手ってのはどこにいんだよ」

「ウヌに決まっておろう。デンジ」

「はあ〜っ？」

「そして、ワシを崇《あが》め奉《たてまつ》る観衆はあそこじゃあっ」

パワーは屋敷の門をびしぃと指さした。その前には十数名の男達がたむろしている。

マキマが言っていた民間のデビルハンター達だろうが、パワーにとっての彼らの役割は、華麗なる事件解決の目撃者となり、名探偵に称賛の言葉を浴びせかけることである。

「おい、お前達」

門の前にいたデビルハンターの一人が、険しい顔で近づいてきた。

上下ともジャージという軽装で、長い日本刀を手にしている。

「俺はケンゾウという。見ない顔だが、まさかお前達もデビルハンターなのか？」

腰《こし》に手を当てたパワーは、おおいに胸を張って答えた。

「いかにも。ワシが名探偵パワー様じゃ」

「……は？」

「そして、こっちは助手のデンジ」

「だから、なんで俺が助手なんだよ」

デンジの抗議に、男の顔がみるみる歪《ゆが》む。

「ふ、ふざけているのかっ。こんなガキみたいな奴らに何ができるんだ」

すると、デンジがおもむろに立ち上がり、男をじろりと睨んだ。

「アンタが誰か知らねえけど、仕事はマジでやっから安心しろよ、おっさん」

「そうじゃぞ、おっさん」

「お、俺はまだ二十五だっ」

ケンゾウと名乗った男は、拳をぶるぶるとふるわせる。

「いいか。ここはガキの遊び場じゃないんだ。足を引っ張ったら許さんぞ」

男は吐き捨てるように言って、大股でその場を離れた。

「なんだ、あいつ……？」

「観衆その一じゃ、ほっとけ」

そんな会話を交わしていると、屋敷の鉄門が軋《きし》みながらゆっくり開いた。

甲高《かんだか》く鳴り響いた開放音は、まるで活劇の開幕を告げるファンファーレのようで、否《いや》が応でもパワーの気分は高揚していく。

しかし、そこに立っていたのは、膨らんだ期待とは正反対のやつれた壮年の男だった。

男はデビルハンター達に、深々と頭を下げる。

「遠いところまでご足労頂きありがとうございます。どうか皆さんの力をお貸し下さい」

＋＋＋

「ここはさる資産家の別荘だったのですが、長い間放置されていたのを私が購入し、山林体験用の宿泊施設としてリノベーションしたものなんです」

その後、一同は神林《かんばやし》と名乗った依頼人の後に続いて、門の中に入った。

重たい足取りで先頭を行く神林は、疲れ切った声で事件のあらましを説明する。

「ところが、プレオープンで宿泊されたお客様が、朝になるといなくなっているという事件が起きまして。いや、それどころか、雇った従業員も全員がいなくなったのです」

「一応確認するが、揃って夜逃げをしたなんてことはないだろうな」

後ろを歩く集団の中で、一人の民間デビルハンターが手を顔の高さに挙げて言った。

さっきパワー達に絡んできたケンゾウという男だ。

「それは考えにくいのです。街に出るには、山の麓《ふもと》のバス停から巡回バスに乗る必要がありますが、彼らがそれを利用した形跡が全くありません」

オーナーが神妙な調子で答えると、ケンゾウはふんと鼻を鳴らした。

「なるほどな。だとすると、悪魔が絡んでいる可能性は充分あるな」

「ええ。このままでは我が社は大損です。皆様にはどうかこの消失事件を解決に導いて頂きたいのです」

「ガハハハッ。名探偵パワー様の手にかかれば、謎の結び目などあっという間に解きほぐされようぞ。のう、助手」

「だから、助手じゃねえ」

シルクハット姿の女と、チンピラ風の若い男のペアに奇異の視線が集まるが、パワーの脳はそれを尊敬の眼差しへと自動変換する。

オーナーが分厚い玄関扉を押し開けると、広々としたホールが姿を見せた。目の前には木彫りの受付カウンターがあり、後ろを振り向くと、高い位置に並んだ二つの採光窓から、午後の陽光が差し込んでいる。消失事件の後からまともに掃除はされていないようで、カウンターの上にはうっすらと埃《ほこり》が積もっていた。

「屋敷は上から見ると十字架の形をしているんですが、玄関口はその上部にあたります」

図面を掲げながら、オーナーは位置関係を説明する。

赤い絨毯《じゆうたん》を踏みしめながら進むと、今度は十字架の交差部分にあたる十字路にさしかかった。向かって左が客室エリア、右がスタッフエリアと説明される。既に撤収済みのスタッフエリアには事務室や倉庫の他に厨房《ちゆうぼう》があり、奥の食物庫には袋入りのパンやインスタント食品が積まれてあった。

「飯だっ」

「飯じゃなっ」

飛びついたデンジとパワーに、オーナーは苦笑して説明を加える。

「保存の利くものしかありませんが、数日分用意していますので、自由に食べてください」

再び十字路に戻ってきた一行は、今度は玄関を背にして正面廊下に足を踏み入れる。

十字架でいうと下部にあたるエリアだ。

少し歩いたところで、ケンゾウが通路の壁にある小さな扉を指さした。

「オーナー。ここはなんだ?」

「ああ、そちらは動力室になります」

中は薄暗い小部屋で、無数の配管や配線が複雑に張り巡らされていた。中央に発電機と思《おぼ》しき大型の機械が鎮座しており、室内には地鳴りのような低いモーター音が響いている。

「高価な機械ですので、ここには立ち入らないようにお願いします」

オーナーはそう言って先を促す。長い直線廊下を進むと、急にひらけた場所に出た。

天井は見上げるほど高く、ちょっとしたスポーツ大会がひらけそうだ。

遊技場、とのことで、広々した空間の手前側にバーカウンターと歓談スペース、奥には遊び場としてビリヤード台や卓球台、ダーツなどが用意されている。

そして、壁際には照明付きの豪華なステージが取り付けてあった。

「これは名探偵のワシのためのステージじゃな」

「いえ、演奏会や余興を披露するためのもので、夜に騒いでも客室まで音が漏れないよう、部屋全体が防音になっているんです」

パワーの言葉を控え目に否定したオーナーの横で、デンジが嬉しそうに奥を指さす。

「おい、パワー。あれビリヤード台じゃねえ？　後でやってみようぜ」

「……ふん、玉突きごときではしゃぐとはガキじゃのう」

水を差されたパワーは、若干不機嫌である。

「お前、やったことあんのかよ」

「当たり前じゃあ」

「嘘《うそ》だろ」

「嘘じゃないわっ。ワシはプロに完全試合で勝ったことがあるぞ」

「やっぱ嘘じゃねえか」

「おい、お前ら、うるさいぞっ。悪魔退治をなめてるのかっ」

額《ひたい》に青筋を浮かべたケンゾウの肩を、別のデビルハンターが軽く叩いた。

「まあ、落ち着けよ。今回は基本報酬だけじゃなく、成果に応じたインセンティブが支払われる契約だろ。むしろ使えない奴がいたほうが取り分も増えるってもんだ」

「ま、まあ、そうだが……」

ケンゾウが苦々しい表情で舌打ちし、遊技場の向かい側に目を向ける。

「それで、奥には何があるんだ?」

「ああ、あちらはまだ改築前のエリアなんですが……」

一行は、歩き出したオーナーに続いて、最後のエリアに足を踏み入れた。

扉の奥には狭く薄暗い通路が伸びている。すぐに曲がり角があり、壁に沿って進むとまた曲がり角に突き当たった。回廊と言えなくもないが、それにしてはかなり複雑に曲がりくねっている。迷路のようでもあるが、道は一本で分岐がある訳でもない。照明はまばらで、どんよりした湿った空気が鬱滞している。

「ここは一体なんだ?」

「それが、私にもよくわからないのです。何かの遊び場を作ろうとしたのか……屋敷の所有者は何人も入れ替わっているので、もう当初の資料が残っていないのです」

　ケンゾウの問いに、オーナーは首を横に振って答える。

　結局、突き当たりまで進んだが、屋敷の裏側にある勝手口に辿《たど》り着いただけだった。

　再び遊技場に戻ってきた後、オーナーは各グループに客室の鍵を渡し、翌日様子を見に来ると告げて屋敷を後にした。玄関扉の閉じる音が、仕事開始の合図となり、どこか弛緩《しかん》していた空気が、途端に引き締まっていく。

　総勢十六人のデビルハンターが、いよいよ人が消える謎へと挑む。

「ガハハ、始まるのう」

　パワーにとっては、極めて容易な事件である。天才的頭脳をもってすれば、この程度の案件はいつでも解決できる。

　だから、ちょっとだけビリヤードとやらで遊んでからにしようと思った。


「みんなちょっと聞いてくれ」

　両手を上げて、一同を手招きしたのはケンゾウだ。

　デビルハンターになって七年。堅実な仕事ぶりで、こつこつと実績を積み上げてきた。それなりに修羅場《しゅらば》をくぐってきた自負もある。多数のデビルハンターが参加するこの大型案件は、名を上げるいい機会だと意気込んでいた。

「俺に提案がある。今回の敵は正体不明だ。ここは皆で協力しないか」

「協力？」

腕を組んだ別のデビルハンターに、ケンゾウは続けて言った。

「そうだ。消失事件が悪魔の仕業だとして、そいつが一体どこに潜んでいるのか。まずはそれが問題だろう」

「どこって、屋敷のどこかじゃねえのか」

「ああ、玄関ホールから進んで十字路、左右に客室とスタッフエリア。廊下を直進した先に遊技場。さらに進むと謎の回廊と勝手口。屋敷の造りは単純だが、客室を含めると結構な部屋数がある。しかし、それだけじゃない——」

ケンゾウの指先を追うように、皆の視線が壁へと向かう。

「外という可能性も捨てきれないだろう。悪魔が山林のどこかにいて、外部から襲ってきたというパターンだって十分にある」

「なるほど、確かに……」

一同が納得した様子で、深く頷く。

「だから、協力が必要なんだ。そんな広大な範囲をバラバラに捜しても効率が悪い。チームごとに分かれて担当エリアを決めるんだ。連携を取って、探索範囲を徐々に狭めていく。勿論《もちろん》、手柄は山分けだ。まずは、この遊技場に本部を置いて——」

「おい、パワーっ。今、しれっと手で玉を動かしただろっ」

ケンゾウの話を遮るように、奥のビリヤード台から怒声が響いた。

「言いがかりじゃあ。ワシがそんな汚い真似をすると思うか」

「ああ、超思うね。超っ」

「って、おいいっ、そこの二人ぃぃっ！」

ケンゾウは思わず声を荒らげた。

これまで様々なデビルハンターと仕事をしてきたし、連携の取り方も学んできた。

だが、この二人については全く理解が及ばない。まず基本的な礼儀がなっていないし、協調性も感じられないし、なぜ女がシルクハットをかぶっているかわからないし、どうして悪魔駆除の最中にのんきにビリヤードに興じているのかもわからない。

しかし、デンジとパワーの二人は、ビリヤードのキューを握ったまま、面倒臭そうに振り返るだけだった。

「なんだ、おっさん」

「うるさいんじゃや、おっさん」

「だから、おっさんじゃないいっ。お前達もこっちに来て話に加われ。今、重要な話をしているんだっ」

デンジとパワーは顔を見合わせる。

「やだね」

「はあああ？」

「俺ぁマキマさんに活躍するって約束したんだ。んなお行儀よく手柄を山分けなんかできっかよ。こっちにゃ普通の生活がかかってんだからよ」

「そうじゃあっ。心配せずとも、事件は天才手品探偵のワシが解決する。ウヌら愚民の出る幕などないわ」

「だから、何を言って……」

眉根を寄せたケンゾウは、そこで愕然《がくぜん》と口を開いた。

「ちょ、ちょっと待て。今、マキマと言ったか？　それって、内閣官房長官直属のデビルハンターの……まさか、お前達は公安なのかっ？」

「ん？　ああ、そうだぜ」

デンジの返答に、周囲のデビルハンター達がざわめき始めた。

公安対魔特異課と言えば、悪魔駆除の最前線を担うエリート集団だ。民間に扱えない凶悪な悪魔すらも駆逐する手練《てだ》れの集まりとして、業界では一目置かれている。

「なっ、なんであんな奴らが……？」

ケンゾウが呆然《ぼうぜん》とつぶやくと、別のデビルハンターが横から言った。

「そういやお前は公安行けなかったんだよな」

「うるさいっ。実力では負けてなどいないっ」

かつてケンゾウは公安の採用試験に挑み、落とされた過去がある。

日本刀の柄《つか》を握ったケンゾウを見て、相手の男は両手を上げて後ずさった。

「わ、悪かったよ。だが、あいつらが言うことも一理あるぞ。今回は、手柄に応じてインセンティブが支払われる契約だ。俺らは商売敵《がたき》でもあるし、下手な連携は逆に命取りになるんじゃねえか」

「いや、だがっ」

ケンゾウの引き止めも空しく、デビルハンター達はその場から散りぢりに離れていった。

ぽつんと佇むケンゾウの後ろで、ビリヤードに興じる二人が場違いな大声を上げた。

「もう玉突きは終わりじゃあっ」

「あっ、今俺の玉が入るところだっただろ、何止《や》めてやがんだっ」

「ワシは仕事に来たんじゃ。いつまでも遊んでいられるかっ」

「テメッ、負けそうだからって……今の絶対俺の勝ちだかんなっ」

「おうおう、玉突きごときで必死になるとはガキじゃのう」

「はあぁ？　どっちが必死ですかぁ？」

言い合いをする二人を、ケンゾウは拳を握りしめたまま呆然と眺めた。

「あ、あんなのが公安だなんて、俺は認めんぞっ」

……いや。

そこまでつぶやいて、ケンゾウはふと顔を上げた。

本当にそうだろうか。対悪魔のエリート機関である公安に、こんな知性や協調性の欠片《かけら》も感じられない者が所属できるとは思えない。破天荒な振る舞いには、実は何か別の目的があるのではないか。

——少し……様子を見てみるか。

ケンゾウはそう思い直して、公安の二人を観察することにした。

「さあ、肩ならしは終わりじゃ。仕事じゃぞ。助手」

パワーは腰に手を当て、意気揚々と宣言した。

「だから、助手じゃねえって。俺ぁちょっと休憩」

デンジは呆れた様子で肩をすくめると、バーカウンター前のソファにどすんと腰を下ろす。

「なんじゃ、使えんのう」

パワーは不満げにつぶやき、帽子と一緒にアキに買わせた虫眼鏡をポケットから取り出した。迷いのない足取りで遊技場の壁へと近づき、レンズを向ける。

観察こそが真実への唯一の扉——手品探偵もそう言っていた。

ちなみに壁を選んだ深い理由はない。とりあえず目の前にあったからだ。

「その壁に何かあるのか？」

レンズを通して拡大された白い壁をじいと眺めていると、後ろからケンゾウという男が尋ねてきた。パワーは神妙な顔つきで振り返る。

「匂う。謎の匂いがするぞ」

「謎の匂い……？」

ケンゾウが、壁にくんくんと鼻を近づける。

「……わからないな。あんたにだけ感じる何かがあるのか」

「そうじゃ。名探偵にしかわからん手がかりじゃ」

パワーは虫眼鏡を手に持ったまま、玄関口に繋《つな》がる廊下へと移動した。

今度は通路の赤絨毯に這《は》いつくばって、しげしげと毛並みを観察し始める。

絨毯に狙いを定めた理由は、なんとなくである。

後ろからケンゾウがついてきた。

「床にも何かがあるのか？」

「ああ、謎の匂いじゃ」

「そんなところにも謎の匂いが……？」

ケンゾウが身をかがめ、赤絨毯を凝視する。

「よくわからないが、これだけ細部まで徹底的に調べるというのが公安流なのか」

「そうじゃ。観察こそが真実への唯一の扉になるのじゃ」

「なるほど……」

感嘆を含んだケンゾウの頷きに、パワーはますます調子に乗った。

「謎じゃっ。謎が匂うぞっ」

「おお」

「名探偵のワシにはわかる。この館は謎に満ちておるっ」

「そうか」

「観察じゃっ。観察こそが真実の扉なんじゃあ」

「なるほど」

いちいち感心するケンゾウを前に、ノリに乗ったパワーは、そのまま壁や床に無作為に虫眼鏡を向けながら、玄関口まで辿り着いた。

数人のデビルハンター達が、玄関ホールにたむろしている。

ケンゾウが近づいて声をかけた。

「おい、どうしたんだ」

「いや、外を調べようと思ったんだが、ドアが開かねえんだよ」

「ドアが……?」

男達をかきわけたケンゾウが、鉄の取っ手を摑んでガタガタと揺らした。

「これは鍵がないと内側からも開かないタイプのようだな。オーナーが出る時に間違って閉めたんだろう。明日様子を見に来ると言っていたから、待つしかないかもな」

「ちっ、仕方ねえか……」

一同は肩をすくめて、その場から離れていこうとする。

「ぬっ、あんなところに窓があるぞっ。謎の匂いじゃ」

玄関扉の上方に並んだ二つの採光窓に、パワーはこれ見よがしに虫眼鏡を向けてみせた。

だが、去り行く男達はケンゾウとは違って大した興味を示してくれない。

「謎の匂いが……おーい……ぬぅ」

パワーは無反応の男達を、不満げに睨みつける。

「で、次はどこを調べるんだ？」

「もう調査は終わりじゃ」

ケンゾウの問いに、背中で不機嫌に答える。やる気が削《そ》がれたので、いったん切り上げて、割り当てられた客室に向かうことにしたのだ。

しかし、相手は違う受け取り方をしたようだった。

「終わり……？　まさか、もう何かを摑んだのかっ」

パワーは突然立ち止まった。

そして、ゆっくりと振り返り、一点の曇りもない眼《まなこ》で答えた。

「無論じゃ。謎の結び目はとうにほどけておる」

「なん、だとっ……」

絶句したまま佇むケンゾウを見て、少し気分を良くしたパワーは、客室エリアへと軽い足どりで向かった。

モダンな造りの部屋に入ると、既にデンジがベッドに大の字になって寝息を立てている。

「こらあ、助手っ。探偵が働いているというのに、何を眠っておるんじゃ」

ぽかぽかと頭を殴ると、デンジは片目を開けて、大きな欠伸《あくび》をした。

「んあー？　別にいいだろ。そりゃ悪魔が来たらマジでやっけど、いねえ時に頑張っても仕方ねえじゃん。こんないいベッド、寝なきゃ損だぜ」

パワーは少し黙った後、腕を組んで頷いた。

「……それもそうじゃの。ワシも同じ事を考えておったところじゃ」

欲求に忠実なところは、よく似た二人である。


「公安は一体、何を掴んだ……？」

一方、隣の部屋では、ケンゾウが壁に耳を当てたままつぶやいた。

結局、館内を一巡りはしたが、目ぼしい成果は得られなかった。他のデビルハンター達も同様で、皆が攻め手を考えあぐねているようだ。そうすると、むしろ気になるのは早々に部屋へと引っ込んだ公安の思惑である。

たまたま隣室だったこともあり、ケンゾウは部屋から動向を窺《うかが》うことにした。

さっきまでは何か話していたようだが、ここ十分ほどは目立った物音はない。

むしろ、規則的な寝息のようなものが、壁につけた耳にうっすら届いた。

「まさか仕事中に寝ている訳じゃないよな……」

ケンゾウは、信じられない思いで壁を見つめる。

「いや……あながち間違いではないのか」

格子窓に目を向けると、空は既に黄昏色《たそがれいろ》に染まっていた。

どこかに潜む悪魔が動き出すとしたら、それは闇に紛れる時間帯ではないか。

思えば、屋敷に着いて以降、姿の見えない敵にずっと緊張を強いられている。他のデビルハンターも同じだろう。しかし、果たして夜までこのテンションが持つだろうか。

対悪魔戦では、ほんの一瞬の気のゆるみが命取りになる。

「……なるほど、奴らが何かを摑んだかまではわからないが、夜の襲撃に備えて、今のうちに休んでおこうという魂胆か。大胆だが、賢い戦略だ。さすが公安といったところか」

自分も負けてはいられない。公安の戦略に追随させてもらおう。

ケンゾウは得意満面でアラームをセットし、ベッドに入ることにした。

そして、目覚めたのは三時間後。時計の針が二十一時をまわった頃だった。

外は暗闇。辺りは水を打ったような静けさに包まれており、時を刻む秒針の音だけがやけに大きく響く。睡眠を取ったおかげで、体は随分と軽く、判断の正しさを自覚する。

隣室の様子を窺うと、壁を通して二人分のいびきがかすかに聞こえてくる。

果たして、公安はどのタイミングで動き出すつもりなのか。

奴らはきっと何かを摑んでいる。出し抜かれる訳にはいかない。

「さあ、いつでも来いっ。後《おく》れは取らんぞ」

ケンゾウは心を整え、息をひそめてその時を待った。

そして――

隣室のドアが開いたのは、爽やかな朝日と鳥のさえずりが部屋の中をすっかり満たした頃だった。

「……う、嘘だろっ。普通に朝まで寝てやがった……！」

日本刀を握りしめたケンゾウは、中腰で壁に耳をつけたまま、充血した目を見開く。

「だ……駄目だ。わからん。公安と俺は見えているものが違うのかっ……」

中途半端な時間に寝てしまったせいで、頭はむしろぼんやりしている。過去最悪のコンディションと言っても過言ではない。部屋を飛び出すと、公安の二人はケンゾウとは正反対の清々《すがすが》しい顔で、大きく伸びをしていた。

「うーん、気持ちよい朝じゃ」

「すっげえ寝たな。やっぱ高《たけ》えベッドはちげえよなぁ」

デンジは伸ばした手を、ふと首筋に当てる。

「……ん？　あっ、パワー。また血ィ吸いやがったな」

「は？　吸ってないが？」

パワーは真顔で答えて、口元を拭った。

「お、おい。お前達は、何を考えている。なんで朝まで……」

「んー？」

「なんじゃ」

「い、いや……」

呼び止めようとした手を、ケンゾウは力なく下ろす。隣室で一晩中、耳をそばだてていたなどと言える訳もない。

「おいっ、なんでアンパン全部持ってくんだよ。それ五個しかねえのに」

「ガハハ、早い者勝ちじゃ」

厨房で二人が騒ぐ中、他のデビルハンター達も、ぞろぞろと集まってきた。

皆、緊張していたのか一様に疲れた顔をしている。

「結局、何も起きなかったな。そもそも悪魔なんて本当にいるのかよ」

「これだけデビルハンターが集まってんだ。尻尾《しっぽ》を巻いて逃げ出したのかもしれねえな」

「おいおい、それは困るぜ。報酬がパアじゃねえか」

眠い目をこすりながら、互いに軽口を叩き合う。皆で遊技場に移動したところ、一人のデビルハンターが、青白い顔で小走りにやってきた。

「……おい。人数が減ってるぞ」

事件はいつの間にか発生し、そして、半分のデビルハンターが姿を消していた。

+++

「念のために、さっき全部の客室をまわってみたんだ」

皆に囲まれたデビルハンターは、かすかに声を震わせて言った。

「全部で十六人が屋敷に入ったのに、ここには八人しかいねえだろ。残りの連中がどこで何をやってるのか、気になって部屋をまわってみたんだが、どこも空になっていた」

「部屋にいないだけで、別の場所をうろついてるんじゃないか」

「そう思って屋敷を一巡りしてみたが、どこにも見当たらねえ」

「じゃあ、外に行ってるんじゃ？」

「玄関の鍵はかかったままだぞ。それに、回廊の奥にある勝手口の鍵も閉まってる」

窓も全て嵌《は》め殺しで、金属の格子で裏打ちされているため、たとえ割ったとしても外に出ることはできない。玄関ホールの採光窓には格子はなかったが、かなり高所にあるためとても届かない。

「つまり、聞いていた通り、人が消えた訳か……」

遊技場は、突如として重たい沈黙に支配される。知らぬ間に悪魔が忍び寄り、半数の人間を消したことに一同は冷たい戦慄《せんりつ》を覚えていた。

ケンゾウが壁の時計を見て言った。

「とりあえず、そろそろ依頼人が様子を見に来る頃だ。その時に一度、屋敷の外に出てから、態勢を立て直したほうがいいかもしれないな」

その後、残った者で改めて屋敷内を巡ってみたが、消えた人間を見つけ出すことはできなかった。悪魔の姿も依然として見えないままだ。

なんとも言えない緊張感をはらんだまま、時間だけが過ぎていく。そして——

「おい、どうなってんだよ」

「全然来ねえじゃねえかっ」

残されたデビルハンター達が、にわかに騒ぎ始めた。

約束の時間をとうに過ぎ、夕方になっても、オーナーは姿を見せなかった。

「……なんらかの伝達ミスか、不慮の事故か。山奥じゃ連絡手段もないし、今日も屋敷で夜を明かすことになりそうだな」

ケンゾウの言葉で、男達はかすかに不安そうな表情を浮かべる。

そんな中、場違いな高笑いを響かせる者が一名。

「ガハッ、ガハハハッ。やはりこうなったか。ワシは最初から全てわかっておった」

腕を組んだパワーは、上機嫌に口を開いた。

探偵も、助手も、観衆も揃っている。それなのに、どうも気分が乗らなかった。

足りなかったのは、目の前で起こる事件だったと今気づいたのだ。

ケンゾウがどこか悔しそうな顔で近づいてくる。

「やはり、あんたは何かを摑んでいるんだな」

「うむ。その通りじゃ」

「頼む……そろそろ教えてくれないか。プロとして教えを乞うのは情けない限りだが、状況が状況だ。俺らには見えないものが、公安のあんたには見えているんだろう」

パワーはますます気分を良くして、おおげさに頷いた。

「ガハハッ。天才パワー様の推理をどうしても聞きたいか。そこまで言うなら仕方ない」

「おーい、お前ら。そいつ嘘ばっかだから、気ぃつけろよ」

「そんな訳あるかっ。ワシは天下の公安デビルハンターぞ。助手の戯言《ざれごと》は気にするな」

「助手じゃねえっつってんだろ」

呆れ顔のデンジを無視して、パワーはゆっくりした足取りで、壁際のステージに上がる。

固唾《かたず》を呑んで見守る観衆。

一身に集まる注目。

壇上から見下ろす景色は格別だ。

求めていたものを手にしたパワーは満足げに頷いた後、シルクハットの縁《ふち》を持ってごほんと咳払《せきばら》いをした。

「この屋敷で起きた人体消失事件。それは、ひどく不可解な謎じゃった」

わざとらしく俯《うつむ》いて、ステージ上を歩き始める。

こつ、こつ、こつ、と静寂の空間に足音が反響した。

「謎——そう、この屋敷は謎の匂いに満ちておった。しかし、あらゆる手品には、タネがある。重要なのは観察。観察こそが真実への唯一の扉なのじゃ」

虫眼鏡をおもむろに観衆に向けた後、パワーは言い放った。

「犯人はこ、こ、こ、この中におるっ」

「——！」

空気に冷たい緊張感がみなぎった。

どよめきの中で、パワーは次にポケットから結び目のついた紐を取り出す。

この瞬間のために、家から準備してきたものだ。

「そして、謎の結び目は、今ほどかれ——」

が、ほどけない。ぐいぐいと力任せに引っ張るが、手品探偵のアニメと異なり、むしろ結び目はますます固くなるだけだ。

わずかに焦りの色を浮かべるパワーに、ケンゾウが蒼白な表情で口を開いた。

「犯人はこの中にいる……つまり、俺達の中に、悪魔が交じっているってことかっ?」

「……え?」

パワーは紐の両端を握ったまま、目をぱちくりと瞬かせた。

「ああ……うん、そうじゃの。そういうことじゃあっ」

デビルハンター達の間に、動揺が波のように広がっていく。

「まじかよっ。だから、敵の姿が見つけられなかったのかっ」

「玄関の鍵を閉めたのもそいつかもしれねえな」

「人に化ける悪魔か。最初から交じっていたのか? それとも途中で入れ替わった?」

ケンゾウは皆の一歩前に出て言った。

「確かに、それなら今の不可解な状況に説明はつく。それで、一体誰が悪魔なんだ?」

「それは——まだ言えんの」

「なんでだよっ、そこが一番大事じゃねえかっ」

ステージに詰め寄るデビルハンター達を、ケンゾウが右手で制した。

「待てっ。指摘するのはいいが、万が一間違っていた場合、俺達は全員で無罪の人間をリンチすることになるかもしれない。確かな証拠が得られるまでは、迂闊《うかつ》なことは口にしないつもりだな」

「……うむ、そういうことじゃ」

パワーは重々しく頷く。

「くそっ、誰なんだよっ」

一人のデビルハンターが、懐から分厚い刃のナイフを取り出して周りを牽制《けんせい》した。

「落ち着け。慌てれば慌てるほど悪魔の思うツボだ。それでもかかってくるなら、相手になるがな」

ケンゾウがなだめるように言って、日本刀の柄に手を当てる。

一触即発。漂う空気に、ひりひりした棘《とげ》が混ざる。

しばらく睨み合った後、ナイフを手にした男は、舌打ちをして踵《きびす》を返した。

「ちっ。俺は部屋に戻るぜ。襲ってくるならこいよ。返り討ちにしてやるからなっ」

疑心暗鬼に囚《とら》われた男達は、互いに殺気を飛ばし合いながら自室に帰っていった。

遊技場にはデンジとパワーだけが残される。

「お前～、知らねえぞ。適当なことばっか言いやがって。あのアニメと同じこと喋《しゃべ》っただけじゃねえか」

「何が適当じゃっ。ワシはデビルハンターより、名探偵のほうが向いておるかもしれんのう。デビルハンターを廃業したら、本格的に探偵を始めるか。ガハハハ」

「俺たちゃ死ぬまで公安だぜ」

「夢のない男じゃのう。せっかく助手に雇ってやろうと思っとったのに」

「ジャム塗ったパン食わしてくれんなら考えてやるよ」

デンジは閑散とした遊技場の高天井を見上げて、ぽつりとつぶやいた。

「ん～、でも悪魔の野郎は結局どこにいやがんだ？」

そして、翌日。

人数は更に半分になっていた。

＋＋＋

遊技場に集まることができたのは、デンジ、パワー、ケンゾウを含む四名。

「おい、誰だっ。誰がやったんだっ。誰が悪魔なんだよっ」

残ったもう一人のデビルハンターが、青ざめた表情で、ナイフを周囲に向ける。

まずいな、とケンゾウは感じた。

男の目は血走っており、今にも暴発してしまいそうだ。見えない敵への怒りと恐怖で我を失いかけている。こういう状況でこそ平常心を保たねばならないのに。

しかし、なぜか公安の女は突然吹き出し、男の怒りに平然と油を注いだ。

「ガハハハハハ、その必死な顔……！　ガハッ、ガハハハ！」

「何笑ってんだよおおっ」

「おい、落ち着け。少なくとも俺は悪魔じゃない」

ケンゾウは、ナイフを持った男を牽制しながら、注意を自分に向けさせた。

「本当か？　じゃあ、質問に答えろ。本物なら答えられるはずだ」

「いいだろう」

「俺とお前は、前に仕事で絡んだことがある。それはどんな悪魔だ」

「ナマコの悪魔だ。住民を避難させて包囲網を作ったところで、上から降ってきたよくわからん奴に獲物は横取りされたが」

「……当たりだ」

男は次にナイフをデンジとパワーに向ける。

「じゃあ、お前らのどちらかだな。互いのことを質問しろっ」

二人は顔を見合わせた。

「え〜、なんでだよ、面倒臭《くせ》えなぁ」

「いいから、質問しろっ」

刃先を近づけてくる男を軽く睨んで、デンジは溜め息をついた。

「パワー。お前が好きなのは？」

「ニャーコじゃ。嫌いなのは野菜と人間。ウヌが好きなものは？」

「マキマさん」

二人は互いを指さした。

「パワーだ」

「デンジじゃな」

ナイフの男は、口元を歪めて後ずさる。

「くそぉっ、どうなってんだよ！」

人はじわじわ減っているのに、いまだに悪魔の姿は見えない。

迎えは来ないし、脱出しようにも窓には頑丈な鉄格子が嵌まっている。

そして、玄関扉も回廊の先にある勝手口もびくともしない。

真綿で首をじわじわと締め上げられているような鈍い焦燥をケンゾウは覚えた。

「そうだ。食料も計画的に管理しておくべきだな」

厨房へと向かったケンゾウだが、すぐに血相を変えて戻ってくる。

「大変だっ。食料がなくなっているっ」

食物庫の中が、すっかり空になっていた。まだ数日分の余裕はあったはずなのに。

「お、おいっ、どうすんだ、どうすんだよっ」

もう一人のデビルハンターが泣きそうな声で叫んだ。

「ぬう、悪魔の仕業じゃな。許せんぞっ」

拳を振り上げたパワーに、デンジが目を細めて言った。

「……ん？　おい、パワー。お前の服、パンくずついてねえか？」

「……ついておらんぞ」

パワーは何食わぬ顔で、服の汚れを払い落とした。

「あっ、まさか残りの飯食ったのお前じゃねえの？」

「何を言うんじゃっ。ワシは産まれてこのかたパンなど食べたこともないわっ」

「いや、絶対嘘じゃんっ」

「おい、女。お前が食べたというのは本当かっ」

「てめえ、しゃれにならねえぞっ」

三人に詰め寄られたパワーは、顔を歪めて後ずさる。

「違う、違うんじゃあ。そいつが嘘を言っておるんじゃあ」

パワーはデンジをまっすぐ指さした。

「そっ、そいつこそが、実は館に潜む悪魔なんじゃあ。嘘をついて無実のワシに罪を着せようとしているんじゃあ」

「なんだとっ」

「こいつが人を消した悪魔っ？」

二人の民間デビルハンターの鋭い視線が、今度はデンジに向く。

「はあ〜？　何言ってんだ。さっきの質問で、俺のこと本物だって言ったじゃねえか」

「言っておらん。そんなことは一言も言っておらんぞ」

「コワ〜っ。なあ、あんたらも聞いてただろ？」

「……」

しかし、ケンゾウともう一人は、デンジに対する疑惑の表情を浮かべたままだ。

「だが……皆で協力しようという俺の提案を最初に退けたのは、あんただよな」

「そういやそうだな。結果としてここまで人数が減っちまった」

「ち、違っ。おいっ、ざけんなっ。俺じゃねえっ」

「こいつじゃあ。こいつが悪い悪魔なんじゃあ。名探偵のワシが言うんだから間違いないんじゃあっ」

「テメエ、あんまりふざけると、さすがに許さね――」

パワーに摑みかかろうとしたデンジに、ケンゾウは抜き身の日本刀を向けた。

「動くなっ。動くと斬るぞ」

「あぁ？　上等だ、やってみろ」

「動くなと言ってるんだ。疑われたくないんだったらな」

「……」

デンジは拳を振り上げたまま、怪訝《けげん》な表情を浮かべた。

ケンゾウは刀の切っ先をゆっくり下ろす。

焦ってはいけない。平常心を保つのだ。ケンゾウは自らに言い聞かせた。

「確かに疑わしいが、明確な証拠がある訳じゃない。だから、違うと言うなら、あんた自身でそれを証明するんだ」

「はあ？　どうやって？」

「悪いが、迎えが来るまで、手足を縛って監視下におかせてもらう。それでも消失事件が起きたら、あんたの仕業じゃなかったことがわかる」

「んー？　じゃあ、何も起きなかったら？」

「それはそれでいいことだろう。迎えさえ来れば、公安に問い合わせて詳しく調べてもらえばいい。本当に無実ならきっと証明されるはずさ」

「やだね。迎えなんていつ来るかわかんねえじゃん。縛られたまま待てるかよ」

すると、ケンゾウの横で、もう一人のデビルハンターが懇願するように言った。

「わかった。じゃあ、一日だけでいい。朝になったら解放する。それならどうだ？」

「だから、俺はそもそも悪魔じゃねえっ」

暴れ出そうとしたデンジの手が、ふと止まる。

「そういや……マキマさんが仲良くしろって言ってたな……」

デンジは何かを思い出したようで、不満げにつぶやいた後、振りかぶった拳を、もう片方の手で無理やり抑え込んだ。

「……仕方ねえ。一日だけだぞ」

「よし。交渉成立だな」

スタッフエリアの倉庫にあったロープで、デンジは手足を縛られ、座った姿勢で柱にくくりつけられる。気の抜けない緊張感の中、じっとりと汗ばむような時間が過ぎていき、日はいつしか西の山際に飲み込まれていった。

悪魔の住まう洋館で、三日目の夜が始まろうとしていた。

「そろそろ休憩を取ろう。念のために二人で監視をして、残った一人が睡眠を取る形でいこうと思うが、最初は誰が寝る？」

「ワシじゃっ、もう眠いぞっ」

ケンゾウの提案に、パワーが勢いよく手を挙げた。

「わかった。日が昇るまでおよそ六時間。二時間経ったところで交代に来てくれ」

「おうおう」

「パワーぁぁ。テメエ、後で覚えとけよ」

「うぅ、悪魔が睨んでくるぅ。恐《こわ》いんじゃあ……」

パワーはデンジから目を逸らし、そそくさと遊技場から出ていった。

だだっ広い空間には、縛られたデンジと、二人の民間デビルハンターが残される。

「結局、今日も迎えがなかったな。もう一生この屋敷から出られねえのか……」

ナイフを手にした男は、ぶつぶつとつぶやきながら、鈍く光る刃を眺めていた。

頬はこけ、目の下にはクマができている。どうやら限界が近いようだ。

「そんな訳あるか。よしんばオーナーの身に何かあったとしても、二十人近くのデビルハンターが一週間も戻らなければ、さすがに誰かが捜しに来るだろう」

ケンゾウが励ますように言うと、縛られたデンジが口を開いた。

「うるせえなぁ。静かにしてくれ。寝れねえじゃねえか」

「その体勢で寝る気なのか」

「当たり前だろ。もう夜だ。眠らねえと、明日がつれえんだよ」

「なるほど。どんな状況であっても、眠れる時にしっかり寝ておく。それが公安流の仕事術なのか……え、もう寝た……?」

デンジは柱に寄り掛かったまま、ぐぅと寝息を立て始めていた。

それから、三時間以上が経過した。

都会の喧騒《けんそう》から遠く離れた屋敷の夜は、まるで音が死んだような静寂に包まれている。

「一体どうなってる。二時間交代と言ったのに、全然起きてこないじゃないか」

ケンゾウは、一向に遊技場に戻ってくる様子がないパワーに苛々《いらいら》しながら時計を見つめ、次によだれを垂らしたデンジに目を向ける。

「この男もずっと寝たままだし、これくらいの神経じゃないと公安は務まらないのか……」

「こいつが本当に公安なのか、まだわからねえだろ」

隣でナイフを弄んでいた男が、低い声で言った。

「ああ、そうだったな」

「ケンゾウ。ここは俺が見張っておくから、お前が女を呼びに行ってこいよ」

「わかった。そうしよう」

時折ぶつぶつと独り言をつぶやいていたので少し心配だったが、男の冷静な提案にケンゾウは幾らか安心する。まだなんとか精神を保っているようだ。

ケンゾウは遊技場のドアを抜け、客室のほうへ向かった。

「……行ったな」

ドアが閉じるのを確認し、残された男は、寝ているデンジにゆっくり近づいた。

ケンゾウは男を見誤っていた。

男の落ち着きは冷静さからくるものではなく、焦燥が極まった証《あかし》であった。

黒目の焦点はぶれており、指先は小さく震えている。

「……なあ、お前が悪魔なんだよな？　お前が生きてやがると、俺は落ち着いて眠ることもできないんだよ。俺ぁケンゾウの野郎みたいに気が長くねえんだよ」

遊技場のドアは完全防音。今なら、多少悲鳴を上げられても気づかれない。

最悪、間違っても、悪魔の仕業にすればいい。

男は寝入ったデンジを見下ろしながら、握ったナイフをゆっくりと振り上げた。

「な、死んでくれ？」

＋＋＋

「ん、が？」

パワーは自室のベッドで、むくりと体を起こした。

なんだかデンジの声が聞こえたような気がしたが、夢うつつで定かではない。

「腹が減った……」

お腹《なか》がぐぅと小さな悲鳴を上げている。

食物庫に残ったものは全て食べてしまったため、昼から水以外何も口にしていない。

「デンジ、血……」

隣のベッドに飛び込むが、マットレスの柔らかい弾力に押し返されるだけだった。

掛け布団《ぶとん》の下に、バディの姿はない。

「んー……？」

「おい、起きろっ。見張りの交代時間だっ」

部屋のドアが、激しく叩かれている。

けたたましい振動に、ようやくぼんやりした意識が焦点を結び始めた。

「……ああ、そうじゃった」

そういえば、デンジは悪魔に仕立てあげられ、遊技場で拘束されているのだった。

「おいっ。返事をしろっ」

「うるさいのう。わかっとるわ」

パワーは枕元のシルクハットをかぶり、眠い目をこすりながらドアを開けた。

淡い誘導灯の明かりの中に、ケンゾウが立っている。

ケンゾウは安堵《あんど》したように息を吐いた。

「生きていたか。返事がないから、あんたも消されたのかと思ったぞ」

「デンジはどうしておる？」

「遊技場で大人しく寝ているさ。今のところはな」

ケンゾウはパワーの横を歩きながら、神妙な顔で言った。

「なあ、本当にあいつが悪魔に入れ替わられているのか？　あの態度を見ていると、どうもそう思えなくなってきているんだが」

「デンジは犯人ではないぞ」

「ちっ、違うのかっ？　あいつが悪魔だって言ったのはあんただろ？」

「は？　言ってないが？」

「えっ？　えぇ……？」

真顔で答えるパワーに、ケンゾウは混乱した様子で呻《うめ》いた。

そろそろデンジを助けてやろう。

そして、助けた見返りとして血を吸わせてもらおう、とパワーは考えた。

「ちょ、ちょっと待て。あいつが悪魔じゃないなら、俺がやったことはなんだったんだ」

「無実の者を縛り上げるとは、なんたる外道っ。この大馬鹿者めぇぇっ」

「えぇぇぇ……」

しかし、遊技場のドアを開けた二人は、無言でその場に佇むことになった。

中には、誰の姿もなかったのだ。

＋＋＋

「なんでだっ。ついさっきまでいたのにっ」

ケンゾウは焦燥交じりに叫び、デンジを拘束していた場所に慌てて駆け出した。

縛られていたデンジも、監視していた男も、忽然と姿を消している。

逃げ出した？　いや——

なぜかわからないが、縛っていたロープごと消えている。人体消失事件が再び発生し、十六人もいたデビルハンターが、たった二人になってしまった。

「くくく……」

ふいに後ろに立っていたパワーが、含み笑いを始めた。

「くく、ふふふ、はーはっは、ガハハハハハハハハハッ！」

「ど、どうしたんだ……ま、まさか、お前がっ」

勝ち誇った様子のパワーに、ケンゾウは愕然と口を開く。考えてみれば、最初からずっとこの女に振り回されてきた。もしも悪魔が誰かに成り代わっているのだとすると、ここまで無駄に目立つ真似をするはずがない。そういう先入観をいつの間にか持っていた。

——やられたっ……こいつこそが悪魔……！

しかし、思わず後ずさったケンゾウには目もくれず、パワーはステージへと駆け上った。

そして、ポケットに手を入れ、結び目のついた紐を取り出す。

「謎の結び目は、今——ほどかれたのじゃっ」

「え？」

ちょっと、何を言っているのかよくわからない。

パワーは紐を左右からぐっと引っ張るが、前と同じく結び目は厳然と存在している。

「ううぐっ、ふんっ、うがあぁっ！」

額に青筋を浮かべ、思い切り勢いをつけて引っ張ると、結び目はようやくぶちっと音を立ててちぎれた。

左右に分かたれた紐を、パワーは得意げに顔の前で揺らす。

「謎の結び目は、今——ほどかれたのじゃ」

「……」

ケンゾウはどう反応していいのかわからず、呆然とステージを見上げるだけだ。

「この屋敷には人を消す悪魔が潜んでおる。一人消え、二人消え、三人消え、残ったのはワシとウヌのみ。そして、ワシは犯人ではない。ということは——」

パワーはどや顔で、手の平を上に向けた。

手首から噴きあがった血が、空中で大鎌の形に変化する。

「悪魔はウヌじゃあぁぁぁっ！」

「えええ——っ！」

ステージ上から振り降ろされた大鎌の一撃を、ケンゾウは日本刀でなんとか受け止める。

しかし、強烈な勢いに押されて、刀を取り落としてしまった。

「悪魔めぇぇっ、死ねぇぇっ」

「あっ、悪魔はお前じゃないのかっ」

「ワシは名探偵じゃあっ」

死神のごとく大鎌を振り上げるパワーに背を向け、ケンゾウはその場を駆け出した。

何がなんだかわからないが、今は逃げなければ。

「ぐっ」

分厚い突風をまとった深紅の刃《やいば》が迫り、切っ先がふくらはぎをかすめた。

下腿《かたい》に鋭い疼痛《とうつう》が走る。だが、止まったらやられる。ケンゾウは歯を食いしばり、痛みを振り切るように遊技場のドアから廊下に飛び出した。

——どうするっ？

鍵が閉まっているため、外には出られない。

遊技場の奥にある回廊に逃げ込む？

いや、一本道なので結局追いつかれる。

客室やスタッフエリアに隠れる？

駄目だ。武器を取り落としてしまっている以上、いずれ見つかってやられる。

「そうだっ」

ケンゾウが頭から飛び込んだのは、玄関ホールに向かう途中にある小部屋だった。

立ち入り禁止の動力室。中は薄暗く、配管や配線が複雑に張り巡らされている。中央にある大型の発電機が低く唸《うな》っていた。ここで息をひそめて相手をやりすごし、遊技場に戻って刀を回収する。そう目論《もくろ》んでいたが――

「ここじゃあっ！」

ドアが外から派手に蹴り倒され、大鎌を肩にかついだ女がぬっと姿を現した。

「な、なんでっ」

「血の匂いがしたからのう。名探偵パワー様から逃げられると思ったか。悪魔めぇっ」

ケンゾウはふくらはぎを怪我《けが》したことを思い出す。

「ま、待てっ。俺は違うっ。というか、お前こそ何者なんだっ」

「ワシは公安の天才名探偵パワー様じゃと何度も言っておろう」

「ち、血染めの鎌をかついで殺しにくる名探偵がいるかっ」

ひたひたとせまるパワー。後ずさるケンゾウ。

その背中が発電機にぶつかり、足が止まる。

「ま、待ってくれっ。ここには高価な機械があるってオーナーがっ――」

「死ねえええっ！」

「聞いてねぇえっ」

ケンゾウが咄嗟《とっさ》に身をかがめ、巨大鎌の刃先は背後の発電機に盛大に突き刺さった。

「ありゃ……？」

パワーが目を瞬かせ、バチンッと電気が火花を散らす。

直後——

ゴバアアアアアアアアアアアアアアッ！

鎌が刺さった裂け目から、大量の液体が噴水のように噴き出した。

「なっ、なんだっ！」

「おっ、おおおお？」

溢《あふ》れ出す濁流に翻弄される形で、二人は転がりながら遊技場まで押し戻される。

動力源が損傷を受けたせいか、室内を照らす明かりは激しく明滅していた。

そして、閃光《せんこう》に浮かび上がる二人の体は、真っ赤に染まっている。

「これは……」

「血じゃ……？」

パワーが指先をぺろりと舐《な》めて言った。

「な、なんで発電機から血が……うおっ」

血に染まった絨毯が突如うねうねと動き出し、ケンゾウは前につんのめる。

オオオオオオオオオオッ——……。

低い呻き声が、屋敷全体に轟《とどろ》いた。

「ま、まさか……がっ」

足を取られたケンゾウの真横に、天井から巨大な水滴が落ちてきた。

それは床でじゅうと弾け、飛沫《ひまつ》がケンゾウの皮膚《ひふ》を焼く。

顔を歪めたまま見上げると、無数の水滴が壁や天井に染み出ていた。

「んー？　何がどうなっとるんじゃ？」

深紅の鎌をかついで近づいてくるパワーに、ケンゾウは天井を指さして叫んだ。

「気をつけろっ。酸だっ……」

「酸？」

「溶かされるぞっ」

「んあ？」

パワーが上を見ると同時に、水滴がバラバラと降りかかってくる。

二人は酸の爆撃から、必死に身をかわした。

「な、なんじゃあっ」

「そうか……！　そういうことだったのかっ」

ケンゾウが身を低くしたまま、声を張り上げる。

「悪魔は姿が見えないんじゃない。最初からずっと俺達の前にいたんだっ」

「ええいっ」

パワーの大鎌が、巨大な傘の形に変化する。ケンゾウはその中に飛び込んだ。

「この屋敷全体が悪魔なんだっ！」

＋＋＋

「――屋敷全体、じゃと？」

ケンゾウの叫びに、パワーは眉をひそめ、周囲に目を向けた。

床や壁は確かに生き物のように蠢《うごめ》き、酸の雨は更に勢いを増している。

ケンゾウは早口で告げた。

「ああ、やっとわかった。屋敷は、上から見ると十字架の形をしているが、それを人の形と考えてみろ。俺達が入った玄関は頭に当たる部分。客室とスタッフエリアがある左右の廊下が両腕。そして、十字路から更に先にいったこの広い空間は、おそらく胃《い》だ」

「胃……？」

「だから、胃酸が降ってくる。今までの連中もきっとこれで溶かされたんだ」

「ほう」

「夜にここで作戦会議をしようとしたのか、何かの物音で呼ばれたのかわからないが、遊技場のドアは完全防音。客室まで断末魔の声は届かなかっただろう。あえてじわじわと人数を減らしていったのは、残る者の恐怖心を煽《あお》るためだ」

「まあ、悪魔は人間の恐怖が好物じゃからの」

「胃の先にあった謎の回廊の意味もようやくわかった。やたら入り組んだ一本道だったのは、おそらくあれが腸《ちょう》だからだ」

「ふーん……」

「そして、動力室の発電機に見えたものが、最も重要な臓器だったんだ。あの部屋は十字路の脇にあった。位置から考えると、あんたが偶然破壊したのは館の悪魔の心臓だっ」

「偶然などではないっ」

パワーは突然、咆哮《ほうこう》した。

「……心臓。そう、心臓じゃっ。名探偵パワー様は最初から全てわかっておった。天才じゃあっ。ノーベル賞じゃあっ」

ウワァァァ、すごすぎるぅぅ、さすが天才探偵パワー様ぁぁぁ……！

世界中から浴びせられる称賛の嵐が、今、確かにパワーの耳に届いた気がした。

「いや……それは偶然だろう？　だって、俺に死ねと言ったよな」

「あれは館の悪魔に言ったんじゃあ」

「俺に襲い掛かったのは」

「は……？　襲い掛かったことなどないが？」

「ええ、恐《こわ》っ」

――コロス……コロス……コロス……コロス……。

壁や床がぐねぐねと激しくうねり、館の悪魔の怨嗟《えんさ》の声が幾重にも反響する。

酸の量はますます増え、豪雨のように降り注いでいた。

「まずいの。そろそろ血の傘がもたんぞ」

遊技場には屋敷の心臓部から流れ出してきた大量の血があるが、パワーは自分以外の血はそれほどうまく扱えない。

「そうか、あんたは魔人か。公安の特異4課には魔人がいるという噂《うわさ》を聞いたことがある」

「そうじゃっ、ワシは公安魔人名探偵パワー様じゃあ」

「わ、わかった。とりあえず玄関側の廊下に向かうんだ。胃を出て食道《しょくどう》のほうに向かえば酸を避けられるはずだっ」

二人は、じりじりと遊技場のドアに近づいた。

だが、館の悪魔の仕業なのか、まるで鍵がかかったように頑として開かない。

「くそっ、駄目だっ。びくともしないっ」

「名探偵に任せろ。こういう時は頭を使うんじゃっ」

パワーは足裏で、思い切りドアを蹴った。

「それは頭を使ってないぞぉっ」

「ちっ、思ったより固いの」

立ち眩《くら》みを覚えながら、パワーは舌打ちした。酸の嵐から身を守るために、血の傘をかなり大きくしているのだ。貧血気味で力が出ない。悪魔の血を飲んではいるが、酸の浸食が速くて追いつかない。

「くそぉぉっ、結局全員消されるのか」

ケンゾウが頭を抱えて叫んだ。

「……ん？」

パワーはふと後ろを振り返った。

「ど、どうした？」

「……デンジはどうなっておる？」

「縛ったロープごと消えていたから、残ったデビルハンターと一緒に、おそらく酸で溶かされたはずだ」

「溶けたものはどうなる？」

「反対側のドアの奥——腸の回廊のほうに流れていくはずだ。それがどうしたんだ」

「……」

パワーは無言で耳を澄ました。

吹き荒れる酸の轟音《ごうおん》と、館の悪魔の咆哮の中に、何か別の音色が混じった気がした。

「デンジを最後に見たのはいつじゃ？」

「あんたを起こしにいく直前だ。その時は縛られた状態で寝ていた」

「ということは、まだデンジは腸の中にいるということじゃな」

「そうだが、それがどうしたっ」

ヴヴンッ……。

パワーはうねうねと蠕動《ぜんどう》する遊技場の床を眺めた。

心臓部から溢れ出した悪魔の血が、向かい側の回廊に続く扉の奥へと流れ込んでいる。

ヴッヴッヴッヴッ……。

それはまるで、地獄の底から響く怪物の唸り声のようで——

「この音はなんだ？」

ケンゾウが不思議そうな顔で首《こうべ》を巡らせた。

酸で溶かされ、腸へと流れ去ったデンジ。

そこに今、大量の悪魔の血が供給されている。

ヴヴンッヴヴンッヴヴンッ！

「近づいてくる……？」

ヴヴンッヴヴンッヴヴンッヴヴンッヴヴヴヴヴヴヴッ！

「なんだ？　何かが来るっ」

ヴヴヴヴヴギギギギギギギュギュギュギュギュギュゥゥウウウウウンッ！

顔を歪めて耳を塞ぐケンゾウの横で、パワーは音の来る方角を凝視する。

「はようこい、バディ」

刹那、爆音とともに、向かいの扉が木《こ》っ端微塵《ぱみじん》に吹き飛んだ。

異様な姿の男が、そこに立っている。頭と両手から鈍色《にびいろ》のチェンソーが突き出し、野獣の牙《きば》のような獰猛《どうもう》な刃がぐるぐると高速で回転していた。空気を引き裂くエンジン音に、頭の中がぐちゃぐちゃにかき混ぜられる。

「うわああっ！　なんだあいつはぁっ！」

耳を押さえたまま絶叫するケンゾウに、チェンソーの男はゆっくり顔を向けた。

震える壁。吹きすさぶ酸。地獄のような空間を眺めて一言。

「んー？　なんだこりゃ。目ぇ覚めたら、なんでこんなことになってんだよ」

「デンジ、こっちじゃっ！」

パワーが声を張り上げると、ケンゾウが驚いて言った。

「え？　あいつ公安の男かっ？　公安ってのは一体どういうところなんだっ!?」

「あっ、そうだ、パワーっ。よくも俺を売りやがったなァ！」

急に気づいて走り出したデンジに、容赦なく酸の雨が降り注ぐ。

「うっ、ごあっ、なんだこりゃっ」

しかし、溶け、崩れながらも、床中を満たす血を口に含んで、チェンソーマンは駆け飛んでくる。そして、パワーの首筋に右手のデンノコを突き出した。

「パワーぁぁっ！　さすがにシャレじゃすまねえぞっ」

「それはわかったが、話は脱出してからじゃ。このままでは全員死ぬ」

「んあぁ？」

デンジが振り返った。遊技場内には、縦横無尽に酸の雨が吹き荒れている。

「ちっ、どうすりゃいい？」

「脱出じゃ。だが、ドアが開かぬ」

「はあ？　こんなの頭を使って、開けりゃいいんだよっ！」

デンジは、頭部から突き出したデンノコで、扉のど真ん中を突き破った。

「頭を使うの意味が違うっ……」

ケンゾウの呻きを耳にしながら、最初にデンジ、次にパワーが廊下へ飛び出す。

脱出を阻止するように、鉄の扉が次々と床や天井から生えてきた。

「邪魔ぁぁぁっ！」

先頭のデンジが鉄扉を切り裂きながら、うねる通路を駆け抜けていく。

ごぷぁっ。不快な音がして、最後尾のケンゾウが後ろを振り返った。

「おいっ、酸が迫ってきてるぞっ」

胃液がせりあがるように、遊技場から酸の波が襲い掛かってくる。

「走れ、走れ、走れっ」

玄関ホールはもう目の前だ。しかし——

「がっ⁉」

チェンソーの一撃は、玄関扉に突き刺さった状態で、止められてしまった。

「まずいぞっ、扉は屋敷の歯に当たる部分だっ。他とは強度が違うんだっ」

ケンゾウが焦った声で叫ぶ。

「歯だってぇ？」

チェンソーを扉から引き抜くと、デンジは足裏に生やした小さなデンノコで、壁を垂直に駆け上がった。

「じゃあ、上の窓は目かよぉ。目なら守れねえよなぁっ！」

「あ、頭使ってるじゃないか……」

扉の五メートルほど上、二つ並んだホールの採光窓をデンジは突き破った。

ギャアアアアアアアアアアアアアアアアッ！

屋敷中に轟く悲鳴とともに、たまらず玄関扉が上下に開いた。

その瞬間、パワーとケンゾウが表に飛び出す。

「外じゃっ」

暗闇の空。その下辺が、淡く染まり始めていた。夜が明けようとしている。

「パワーァァっ！」

窓から飛び出してきたデンジが、地上へ豪快に降り立ち、デンノコをパワーに向けた。

「まあ、そう怒るな。わびとして胸を一揉《も》みさせてやらんでもないぞ」

「……え」

一瞬、動きの止まったデンジは、ぶんぶんと首を振った。

「いやっ、もういらねえよ。俺はマキマさんがぁっ？」

デンジの体を、玄関口から伸びた鉄柵が貫いていた。

館の悪魔が、最後の抵抗とばかりに、捕らえたデンジを体内に引き込もうとしている。

「おお、うあああぁっ」

ぐぱぁと玄関扉が縦に開き、デンジは串刺しのまま、屋敷の奥に飲み込まれていった。

「お、おいっ。あいつ飲み込まれたぞっ」

「飲み込まれたのう……」

パワーとケンゾウは、なす術《すべ》なくその場に佇んでいた。

やがて、遂《つい》に力尽きたのか、山々に甲高い悲鳴を響かせて、悪魔の館から赤黒く染まった肉片がぼとぼとと剝《は》がれ落ちる。

薄い朝日の中には、蔦に覆われた朽ちかけの廃墟《はいきょ》が残るのみだった。

「つまり、古い屋敷に取り憑《つ》いて、同化する悪魔ってことですか？」

山道から誰かの話し声がする。

「うん、そうみたいだね。依頼人の様子がおかしいから問い詰めてみたら、物件に取り憑いた館の悪魔にデビルハンターを食料として送り込むように脅されていたみたい」

姿を現したのは、アキとマキマだった。

「マッ……」

パワーの背筋が、びくんと伸びる。

「それにしてもわざわざマキマさんが迎えに来なくても……」

「この間のデンジ君を狙った悪魔の件もあるし、来週から京都《きょうと》出張で忙しくなるからね。その前に山歩きもいいかなと思って。早川君は私が一緒にいると嫌かな」

「い、いえっ、とんでもないです」

アキが慌てて手を振ると、マキマは朽ちかけた屋敷に目を向けた。

「あ、パワーちゃんだ」

玄関付近に直立しているパワーを認め、そばに近づいてくる。

「せっかく来たけど、もう片《かた》がついたみたいだね」

「ああ、そうじゃっ。名探偵パワー様が、まるっと解決しておいたぞ」

隣に立っていたケンゾウが顔をしかめた。

「……いや、あんた俺を殺しかけただろ」

「は……？　ワシに命を救ってもらった分際で、架空の罪をなすりつける気かっ。この大馬鹿者めがぁぁっ」

「ええぇっ？」

「無駄だ。こいつは記憶を自分の都合のいいように改ざんするんだ」

横のアキが煙草に火をつけながら言った。

「それで、デンジはどうした？」

パワーは首を振って、肩をすくめる。

「助手のデンジは屋敷に食われてしもうた。華々しい最期じゃった」

「まじかよっ」

「もう少し詳しく聞かせてくれる？」

小首をかしげたマキマに、パワーは身振り手振りで話をした。

「屋敷のお腹で溶かされたんじゃ。そこをワシが獅子奮迅《ししふんじん》の大活躍でこらしめてやっての」

内容が要領を得ないため、横に立っていたケンゾウが代わりに説明する。

「ふぅん……」

話を聞いたマキマは、屋敷の裏側にまわった。

後に続いた一同は目の前の光景に息を呑む。

勝手口のそばに、幾つもの白骨死体が無造作に転がっていた。

そこに、右半身が溶けたデンジの姿がある。

「マキマさんっ！」

デンジは残った左手を嬉しそうに振った。

「お疲れ様、デンジ君。仕事は片付いたみたいだね」

「当たり前ですよっ。俺がド～ンと頑張って、ブイっと解決しましたから」

腰をかがめたマキマに、デンジはピースサインを作ってみせる。

「半分溶けた姿で言っても説得力ないぞ……。でも、どうしてここだと？」

アキの問いに、マキマが髪をかき上げながら答えた。

「遊技場が胃で、その先の回廊が腸なんだよね。だったら溶かされた人間は、腸——回廊の更に先の出口に辿り着くのかなって」

「つまり、勝手口が肛門《こうもん》ってことですか」

ぶぶっとパワーが吹き出す。

「ガハハハッ。糞じゃ、うんこじゃっ。名探偵パワー様と、助手のうんこじゃっ」

「うるせえっ。うんこなんて叫ぶ名探偵がいるかよっ」

「…………」

少し離れた場所で、ケンゾウは騒ぎ立てる公安の様子を無言で見ていた。

突然襲い掛かってきた虚言癖の女に、半分溶けて生きているチェンソー男に、その様子を平然と眺めている二人。

「俺……公安に落ちてよかった……」

とぼとぼとその場を去るケンゾウの後ろで、デンジの憎まれ口と、パワーのけたたましい笑い声が、高くこだまのように響き渡っていた。

［第2話］九年ものの味わい

一寸先は闇。

闇という単語が持つイメージから、目と鼻の先に悪い未来が待ち受けているといった表現に使われがちだが、正しくは、良い未来だろうが悪い未来だろうが先のことは何も見通せない、という意味のことわざである。

しかし、ことこの業界においては、前者の誤った解釈のほうこそ正しい。

岸辺《きしべ》はそう思っていた。

有望な新人が、歴戦の強者《つわもの》が、ある日突然、落とし穴にはまったように命を失うのが公安デビルハンターという仕事だ。そんな悪魔駆除の最前線で、ぽっかりと開いた奈落への入り口を、自分は何年も何年も避け続けてきた。

はたしてそれは神に微笑《ほほえ》まれた幸運か。

あるいは死神にすら見捨てられるほどの不運か。

いや、神も死神もいやしない。

岸辺のそばにいつもいるのは、酒と、煙草《たばこ》と、悪魔。

そして、愛想のないバディだけだ。

淡い間接照明が灯《とも》す空間に、ジャズピアノの音色がしっとりと染み込んでいく。

そこは高級ホテルの最上階にあるバーだった。

地上を満たす光は遥《はる》か遠く。無機質な高層ビル群が聳《そび》え立つ闇空が目の前に広がっている。そんな一寸先の暗闇をぼんやり眺めながら、岸辺は口を開いた。

「クァンシ。お前と組んで、もうすぐ九年か」

無造作な黒い長髪《ちょうはつ》に、無精髭《ぶしょうひげ》。唇《くちびる》の端には、裂けたような古い傷跡がある。

「……九年。そうなのか」

隣に座る右目に眼帯をつけた女が、ワインを一口飲んで淡々と答える。

美人といって差し支《つか》えない容姿だが、どこか気だるげな雰囲気で、表情に乏しい。

岸辺は手元のグラスをクァンシに向けて掲げた。

「どうだ？　いい加減、俺と付き合う気になったか」

「無理」

「いきなり拳《こぶし》を振り上げるな。店の中だぞ」

岸辺が軽く身を引いて言うと、クァンシは渋々《しぶしぶ》といった様子で手を下ろした。

初めて会った日から口説き続けているが、無理、嫌だ、イヤ、甘ったれるな、と毎度のように殴られて拒否されるのが通例である。

「九年間もよく言い続けられるものだな」

「まあな。それだけ俺の想《おも》いが……って、聞いとけよ」

クァンシの視線は、奥で給仕をするウェイトレスを追っている。

肩《かた》をすくめて酒を一気にあおった岸辺に、クァンシはようやく目を向けた。

「いつも以上に酒臭いな。私が来る前にどれだけ飲んだんだ」

「別に、大した量じゃない」

「ああ、そうか。昨日、新人が死んだのだったな。お前は関わった新人が死ぬと、酒の量がわかりやすく増える」

「……」

岸辺はそれには答えず、ウイスキーをロックで注文した。

グラスの中で揺れる琥《こ》珀色《はくいろ》の液体を、虚《うつ》ろな瞳で見つめる。

「十二年もののマッカランだ。ウイスキーってのは熟成に時間がかかるモンだ。樽《たる》の中で何年も辛抱して、やっとまともな酒になる」

「……何が言いたい」

「公安は一年だ。こいつは強いと思った奴《やつ》も、そうでない奴も、一年あれば死ぬか民間に行く。熟成も何もあったものじゃない。それがわかっているから、人間を育てるとは思っていない。単なる犬のしつけだ。だけど、犬にだって情がわくだろう」

「……」

「この一か月で五人死んだ。だから、俺の下には人間でも犬でもない、壊れないおもちゃをつけてくれと上層部に言ったよ」

「壊れないおもちゃ、か」

「情がわく相手が死ぬから酒が増える。だったら、最初から情を持てない奴がいい」

岸辺は湿った息を吐いて、ウイスキーを口に運んだ。

「まあ、そんなおもちゃはないと言われたがな」

「だろうな」

「その代わり、しばらく俺の下には新人をつけないそうだ」

「それもいい。少し飲みすぎだ」

「心配してくれるのか」

「酔って絡まれるのが面倒なんだ」

クァンシは、グラスを満たすワインに目を落とした。

血のような赤に、眼帯をつけた女の姿が、ゆらゆらと滲《にじ》む。

「そういえば、今度、新人の面倒を見ることになった」

「お前が？」

「向こうからの指名だそうだ。是非、私に教育係になって欲しいらしい」

「珍しいな。それって、男か」

「いや、女だ。履歴書の写真を見たが、なかなか可愛《かわい》い顔をしている」

「嬉《うれ》しそうだな」

「そうか……？」

クァンシは瞬《まばた》きをして、小さく首をひねった。

おもむろにポケットに手を入れた岸辺は、ルームキーをカウンターに載せる。

「ところで、下のホテルに部屋を取っているんだが、この後飲み直さないか」

「酔っぱらいの介抱はバディの仕事じゃないな」

クァンシはワインを飲み干すと、紙幣をカウンターに置いて、その場を立ち去った。

幾つもの死線をともに越えてきてなお、出会った時から変わらないそっけない対応に、岸辺はかすかに口角を上げた。

「……九年もののバディ、か」

手元のグラスをゆっくり回すと、中の氷が、カランと軽快な音を立てた。

＋＋＋

二日後。

一人の見習いデビルハンターが、クァンシと岸辺の元へとやってきた。

「おはようございます、中野《なかの》ミナミです。今日から宜《よろ》しくお願いしますっ」

小柄で童顔。黒髪《くろかみ》のショートカット。

溌剌《はつらつ》とした印象で、くりくりした瞳はまるで子犬のようだ。

「クァンシさん。このたびは教育係を引き受けてくださって、光栄ですっ」

ミナミと名乗った娘は、感激した様子で、クァンシの手をぎゅっと握った。

「……」

握られた手をしげしげと眺めるクァンシの横で、岸辺は片手を軽く上げる。

「よろしく。俺はこいつのバディの岸辺だ」

「お久しぶりです。岸辺さん」

「……どこかで会ったか？」

「あ、いえっ。合同新人歓迎会の時に、遠くでお見掛けしただけです。好きなのは酒と女と悪魔を殺す事、っていう自己紹介が面白くて記憶に残っていました」

「あー……悪いな。いきなり幻滅しただろ」

「あれでみんなの緊張をほぐしてくれたんだと思っています」

前向きな新人に、岸辺はぽりぽりと頬《ほお》をかいて、隣のクァンシに親指を向けた。

「それにしても、よくこいつに教育係を頼もうと思ったな。同じ公安でも、恐《こわ》がって近づかない奴もいるくらいだぞ」

「ちょっと緊張はしてますけど、恐いと言うより憧れというか。クァンシさんは強くてとっても綺麗《きれい》なので」

「へえ、憧れだとさ」

岸辺が横のクァンシを流し見る。

クァンシは少し黙った後、確認するように口を開いた。

「中野、ミナミだったか」

「はい。ミナミって呼んでください」

「……じゃあ、ミナミ。契約している悪魔は?」

「契約はまだです。もう少し研鑽《けんさん》を積んでからと考えています」

「それもいいだろう。ろくに動けもしないのに、悪魔の力だけでなんとかしようとする奴らは大抵長持ちしない。まずは基本的な体術を磨いておくべきだ」

「はい」

「体力に自信は?」

「それがあんまり……でも、やる気はありますっ」

クァンシは頷《うなず》いて、ミナミに後をついてくるように促す。

「まずは今の身体能力から確認しようか。トレーニングルームに来てくれ」

「わかりました、クァンシ先生」

　二人は公安のトレーニングルームに向かった。その後ろを岸辺がついていく。

　ミナミを先に行かせたクァンシが、迷惑そうに振り返った。

「岸辺。どうしてお前までついてくるんだ」

「ちょうど手が空いてるんでね」

「だったら、いつものように煙草を吸いに行くなり、酒を浴びに行くなり、女の家に転がり込むなりすればいいだろう」

「つれないな。俺の女はお前だけ――って、おっと」

　クァンシの拳から、岸辺は間一髪《かんいっぱつ》で身をかわした。耳の横で風がごうっと唸《うな》る。一般人なら即死レベルの一撃だが、九年もバディをやっていると、多少は回避率が上がる。

　岸辺は距離を取って、両手を上げた。

「上のお達しなんだよ。一応、バディとして見守れだとさ」

「ほう。狂犬岸辺が上の言いなりか。教育は私がする。お前は手を出すな」

「わかってるさ。犬の調教はしばらく休むつもりだしな。だが、上が言う見守りの対象は、新人じゃなく、むしろお前なんだよ」

　過去に数名の新人がクァンシの下についたことがあるが、その厳しさから、漏れなく全員が早期退職に追い込まれた歴史がある。

「……勝手にしろ」

クァンシは不服そうに言うと、岸辺に背を向けた。

トレーニングルームに移動した後、クァンシの指示で、ミナミは広大な室内を壁に沿って走り出した。採用試験をパスしているだけあって、それなりに速い。

しかし、公安デビルハンターの中にあっては、あくまでそれなりというレベルだ。

十周ほど走ったところで、息が上がり始めた。

「もういいだろう」

「ま、まだ頑張れますっ」

肩で息をしながら答えるミナミに、クァンシは腕《うで》を組んだまま答える。

「いきなり無理をする必要はない。この後の訓練に差し支える」

「わかりました……」

ミナミは立ち止まって、大きく深呼吸をした。

クァンシの横に立った岸辺は、煙草をふかしながら言った。

「随分と態度が違うな」

「なんの話だ」

「六年前に男の新人がついた時は、八回ゲロ吐いても走らせ続けただろう」

「あの男はまだ余力があったからな」

「俺の記憶によれば、そいつは直後に救急車で運ばれたんじゃなかったか」

「酒で脳《のう》をやられたお前の記憶などあてにならんよ」

「反論はできんがね」

クァンシは上着を脱いで、黒いタンクトップ姿になった。

「次は組手をやろうか。どういう形でもいいから、かかってきなさい」

「は、はいっ」

ミナミは緊張した様子で、半身の構えをとった。

やあっと掛け声を出し、勢いよく床を蹴る。だが——

「わ、わっ」

軽くいなされて、ごろごろと転がった。

「次」

「はいっ」

ミナミは再び起き上がってクァンシに立ち向かう。

だが、何度やっても一瞬のうちに床に転がされてしまう。

ミナミは座り込んだまま、荒く息を吐いた。

「す、すごい……何もさせてもらえない……」

「少し休憩しようか。水分を補給してきなさい」

「は、はいっ」

トレーニングルームを駆け出ていくミナミを、クァンシは無言で見送る。

岸辺はクァンシが脱ぎ捨てた上着を拾い上げ、後ろから声をかけた。

「やっぱり随分と態度が違うじゃないか」

「何がだ」

「わかってるだろ。今の組手は、まるで子供のお遊戯だ。全人類が集まって素手で殴り合う競技一位の女の指導とは思えんがね」

「そんな競技はない。新人をいきなり潰すような真似《まね》をする訳がないだろう」

「確か三年前に男の新人が下についた時は、最初の一撃であばらを粉砕したんじゃなかったか」

「記憶にないな。お前の酒に付き合っているせいで、私の頭もやられたようだ」

「そりゃあ悪かったな」

「すいません。お待たせしましたっ」

水分補給を終えたミナミが、トレーニングルームに戻ってくる。

クァンシは自身の肩をもみほぐしながら、岸辺を振り返った。

「初日だから肩ならしをしているだけだ。お前に心配されなくても、これから強度をあげていくつもりだ」

「ちなみに、寝技の訓練はするなよ」

「……なぜだ」

「いや、なんとなく」

「悪魔を相手にしようというのに、寝技の訓練がなんの役に立つ。お前は馬鹿か」

「否定はせんがね。まあ、それならいいが……」

岸辺が肩をすくめると、クァンシとミナミは、再び組手を開始した。

見ている限り、これまでの男達《たち》とは違い、クァンシが新人を追い込みすぎる心配はなさそうだ。むしろ問題は、庇護《ひご》欲《よく》をそそるミナミのことを、クァンシが既に気に入り始めているところかもしれない。

おそらくミナミは、クァンシのタ、イ、プだ。

——一応、横目で見ておくか……。

ミナミの黄色い声が響くトレーニングルームで、岸辺は二人の様子をぼんやり眺めながら、ふぅと紫煙を吐いた。


それから、二週間が経過した。

トレーニングを終えた夜、三人は飲み屋街にある居酒屋の席についていた。

仕事終わりの解放感に満ちた客達の笑顔とは正反対の冷たい表情を、クァンシは横の岸辺に向ける。

「どうしてついてくるんだ。ミナミは私の教え子だ。お前は邪魔だ」

「俺はお前のバディだ。ここにいてもなんら不思議はないだろ」

岸辺は壁のメニューを眺めて、生ビールを注文した。

冷えた炭酸とアルコールが喉《のど》を洗い、喧噪《けんそう》と厨房《ちゅうぼう》の調理音が鼓膜《こまく》を賑《にぎ》やかに叩《たた》く。

壁にしみついた煙草臭が清々《すがすが》しく鼻腔《びこう》を抜け、鬱滞した熱気が肌《はだ》にまとわりつく。

同僚が当たり前のように死んでいく日常の中で、こうした瞬間に、ふと自分がまだ生きていることを思い出す。

「あ、すいません。私が岸辺さんに一緒に来て欲しいと頼んだんです。その、クァンシ先生と二人きりで飲むのはまだ緊張するので……」

「……」

ミナミが少し照れた様子で答えると、クァンシは無言で小さく息を吐いた。

「そういえば、お二人はバディになってどれくらいなんですか？」

「さあ……忘れたな」

「九年だ。覚えとけよ」

クァンシと岸辺のやり取りを、ミナミはトマトを齧《かじ》りながら見つめている。

まるで木の実を頬張るリスのようだ。

「九年って、結構長いですよね」

バンバンジー 510
トマトいため 280
ニラたま 400
キクラゲと肉 510
ぎょうざ

「公安じゃあ、かなり長い方だろうな」

軽く頷いた岸辺は、ジョッキを傾けて、すきっ腹《ぱら》にビールを流し込んだ。

「長く続けてこられた理由ってあるんですか」

「単に岸辺がなかなか死なないんだ」

「早く死んで欲しいみたいに言うな」

いつも通りそっけないクァンシの回答に、岸辺は淡々と突っ込んで二杯目のビールを注文する。

こんなやり取りも、もう九年になる。

ミナミは苦笑いを浮かべた後、ふと何かを思い出したようにつぶやいた。

「あの……そういえば、そろそろでしょうか……？」

いつもの溌剌とした表情に、かすかに緊張が浮かんでいる。

「そろそろ、とは？」

前に座るクァンシが、表情を変えずに問い返した。

「悪魔駆除です」

「ああ、確かにもうそろそろだろうな」

岸辺は鯛《たい》の刺身を二切れ同時に摘《つま》んで口に運んだ。

悪魔駆除の際には、新人も教育係について出動することになっている。この二週間は珍しく出動命令がなかったが、確かにいつ指令がくだってもおかしくない頃合いだ。

「実は、私、悪魔とちゃんと戦えるのか不安で。クァンシ先生にもいまだに全く歯が立たないですし……」

「新人が二週間でクァンシとまともにやり合えたら、俺らは全員失業だ」

「そうかもしれないですけど」

「それに、クァンシの下で二週間もったのは、お前さんだけだ」

「本当ですかっ」

ミナミの声に張りが戻る。

ただし、過去に下についた男達とは、クァンシの接し方が明らかに違ってはいるが。

対応の差は、まさに地獄と天国。男の新人の前では、冷徹な鬼のようだが、ミナミの前では物静かな天使だ。しかし、敢《あ》えてそのことを言う必要はないだろう。

「ただ、デビルハンターである以上、戦えるか悩むことは仕事じゃない。俺達は目の前の悪魔をぶっ殺すだけだ」

「……はい」

「不安なら早めにやめるのも手だがな。デビルハンターだけが生き方じゃない」

「や、やめませんっ」

ミナミは箸を握りしめて答えた。

思いのほか大きな声に周囲の視線が集まり、ミナミは首を小さく引っ込める。

「あ、す、すいません……」

しばし俯《うつむ》いた後、気を取り直したように顔を上げた。

「その、悪魔と戦う時の心構えというか、コツのようなものってあるんでしょうか？」

「思い切り殴る」

水を一口飲んだクァンシが、虚空を眺めて答えた。

「思い切り、殴る……！」

「どんな教育だ。そんなのこいつだけだから、あまり参考にするなよ」

「岸辺さんは？」

「んー……」

岸辺は顎《あご》の無精髭を手の平でなでた。

「頭のネジを緩める」

「頭のネジ……ですか？」

「ああ。まともな奴ほど悪魔の攻撃を恐がっちまう。そして、恐怖が悪魔の力になる。だから、ネジを緩めてまともを捨てる。理解できないモンは悪魔だって恐がるモンだ」

「まともを捨てる……ですか」

岸辺は運ばれてきた鳥の串焼きを手に取り、マイクのようにミナミに向けた。

「ちなみに、お前はどうして公安に応募した」

「それは……」

串を受け取ったミナミは、少し口ごもった後、こう続けた。

「学生の時、悪魔に襲われたところを、デビルハンターに助けてもらったことがあって。それで自分もそんな風になりたいなって思いまして」

「つまり、憧れか。三大普通志望動機の一つだな」

「後の二つはなんですか？」

「使命感と、悪魔が憎くて仕方がない。次点は手厚い福利厚生に目がくらんだ」

「駄目でしょうか」

「駄目じゃない。だが、まともだ」

「……」

ミナミは納得がいかないのか、かすかに頰を膨らませた。

握った串を、横にしたり、斜めにしたり、くるくると回してみたりしている。

「でも、頭のネジを緩めるって、どうしたらいいんですか」

「俺の場合はこいつだが……」

岸辺が目の前のビールを指さすと、横のクァンシが浅く息を吐いた。

「ミナミ、岸辺のことは気にするな。もっともらしいことを言っているが、こいつは酒に溺《おぼ》れた結果、勝手に頭をやられてネジが壊れただけだ」

「よくわかってるじゃないか」

岸辺が苦笑すると、クァンシは水をもう一口飲んで言った。

「あまり考えすぎるな、ミナミ。人生をハッピーに過ごすには、無知で馬鹿なくらいがちょうどいい。単純に生きろ」

「要は頭のネジを緩めて馬鹿になれってことだ」

「酔っぱらいと一緒にするな」

「……」

ミナミは焼き鳥の串を摑《つか》んだまま、二人のやり取りをじっと眺める。

そして、突然立ち上がると、岸辺の前のビールを持ち上げて一気飲みした。

「あ、おいっ」

岸辺の制止をよそに、ミナミはごくごくと喉を鳴らし、空のジョッキをどんっと机に置いた。

「岸辺さんっ。わ、私、実はお酒が苦手なんです。でも、これで少しは頭のネジが――」

そこまで言ってミナミは、ゆっくりと、その場に崩れ落ちた。


大通りを行くタクシーの窓を、夜を彩るネオンが滑るように流れ去っていく。

アルコールの臭いが充満する車内で、後部座席のクァンシが不機嫌そうに言った。

「……岸辺。私が今何を考えているかわかるか」

クァンシの膝《ひざ》の上には、寝息を立てるミナミの頭が乗っている。

助手席の岸辺は、窓の外に目を向けたまま答えた。

「さあ、見当もつかないな」

「長年バディをやってそんなものか」

「見くびるなよ。本当はわかってる。そろそろ俺と付き合う気になったんだろ」

「膝にミナミが乗っていなければ、後ろから頭をちぎって窓から投げ捨てるところだ」

「あながち冗談じゃないところが恐いね」

「私が考えているのは、なぜミナミを家に送るタクシーに、お前まで乗っているかということだ」

低めで抑揚のない声に、圧が混じる。

シートに背を預けた岸辺は、バックミラーに目を移した。

「ミナミが飲み潰れたのは、俺がけしかけたせいでもあるからな」

「私の教え子に妙な絡み方をするのはやめろ。何がまともだ。この仕事が向いてないとでも教えてやったつもりか」

「今のままじゃ半年持たずに死ぬ。お前もわかっているだろ」

「……」

クァンシが沈黙した。

最後の一気飲みは若干意表をつかれたとはいえ、ミナミは基本的には至極まっとうだ。それを補えるほど身体能力が際立っている訳でもなく、強力な悪魔と契約する覚悟があるかも疑問が残る。まるで長生きできない見本のようだと岸辺は感じるが、なぜか毎年のようにこういう新人が何人か入ってくる。

膝の上で規則正しく寝息を立てるミナミの頭髪を、クァンシが軽くなでる。

「私が死なせない」

「頼もしいな。だが、いつまでもお前の下についている訳じゃない」

「今日はよく喋《しゃべ》るな。犬の調教にはしばらく関わらないんじゃなかったのか」

「そのつもりだがな。バディの愛犬の死だって気持ちいいもんじゃない」

「……」

「クァンシ、逆に俺が今何を考えているかわかるか」

「さあ、知りたくもないな」

「長年バディをやってそれか。涙が出るね」

「はっ。涙などとうに枯れているくせに」

岸辺はかすかに口の端を上げた。

公安でデビルハンターを長く続けるほど、周囲に死が積みあがっていく。

先輩が亡くなり、同期が死に、後輩が消える。

育てた犬達も、次々と犬死にしていく。

一方で、自分自身は悪魔との契約で、だんだんと人間の部分を失っていく。

そうやって、最後に残るものは一体なんなのだろう、と岸辺は時々考える。

そんな時は、浴びるように酒を飲んだ。何も考えなくてすむように。

無知で馬鹿のまま生きる——クァンシの生き方も、ある意味では同じなのかもしれない。

岸辺はポケットから携帯用のウイスキーボトルを取り出し、喉に流し込んだ。

「俺が考えているのはな、クァンシ。どうしてお前がミナミの下宿先を知っているのかということだ」

潰れたミナミの代わりに、運転手に住所を告げたのはクァンシだった。

「前に履歴書を見たと言っただろう」

「普通、住所まで覚えてるモンかね」

「何が言いたい」

「別に……」

どうやら、岸辺が思った以上に、クァンシはミナミを気に入っているようだ。

微妙な沈黙が続く中、タクシーは二十分ほど走り、低層マンションの前で止まった。

ミナミを背負ったクァンシが、ノブをぐっとひねると、ばきぃっと嫌な音がして、ドアが軋《きし》みながら開いた。

「……開いたぞ。不用心だな」

「そういう侵入の仕方ができる賊がいるとしたら、お前くらいだ」

電気をつけて、足を踏み入れる。中はワンルームの造りで、テーブルの上には小さなサボテンと写真立てが置いてあった。

家族と一緒に撮ったと思われる一枚が飾ってある。

「……」

岸辺は無言でそれを伏せた。犬の背景を知りすぎていいことは一つもない。

ベッドにミナミを寝かせたクァンシが振り返った。

「あとは私がみる。お前はいい加減帰れ」

「俺としてはそのつもりだが、バディとしてはそれでいいのか迷っている」

「どういう意味だ」

「クァンシ。送り狼《おおかみ》という言葉を知っているか」

「何が言いたい」

「いや……」

さすがにいくらミナミがクァンシのタイプだとしても、新人にいきなり手を出すような真似はするまい――と、考えるのは大間違いだ。公安対魔特異課《こうあんたいまとくいか》で長年デビルハンターをやっているのは、すべからく常識と縁を切ったような奴ばかりなのだから。

　無論、自分を含めてだが。

　どう切り出すべきか一瞬考えていたら――

「ん、あ……」

　ベッドに仰向けになったミナミが、小さく呻《うめ》いた。

「え……あ……あれ……？」

　目を開けたミナミは、状況が呑《の》み込めていないようだった。

　ようやく自宅であることを認識したようで、恐縮した様子で謝られる。

「す、すいませんっ、とんだご迷惑を……！」

　クァンシはベッドに腰《こし》を下ろし、穏やかな声で言った。

「気にするな。悪いのは全て岸辺だ。シャワーでも浴びてくるといい」

「あ、はい……」

　ミナミはよろよろと立ち上がる。

「ふらついているな。手伝おう」

「お前は待て」

　ミナミを支えながら浴室に向かうクァンシの腕を、岸辺が掴んだ。

クァンシは眼《め》を細めて振り返った。

「……なぜ止める」

「なんとなくだ」

「お前ならいざ知らず、私がミナミのシャワーを手伝うことになんの問題がある」

「ないかもしれんが、あるかもしれん」

「とりあえずこの手を離せ」

クァンシが腕を振りほどこうとした時、岸辺のポケットから呼び出し音が鳴った。

無線を耳に当てた岸辺は、一言「ああ」と答え、端末をポケットに戻した。

「悪魔が出たぞ。出動だ」

＋＋＋

現場は郊外にある廃工場だった。

放置されて長い時間が経っているようで、月明かりに浮かぶスレートの外壁は、風雨と黴《かび》に浸食され尽くし、半分以上が損壊している。生温《なまぬる》い風がざあっと吹いて、伸び放題の雑草がかさかさと揺れた。

「ど、どんな悪魔なんでしょうか」

ミナミがごくりと喉を鳴らす音が聞こえてくる。大きな瞳が不安定に揺れているのは、アルコールのせいではなく、強い不安と緊張ゆえだろう。

「肝試《きもだめ》しにきた学生どもの通報だが、暗くてはっきりとは認識していないらしい。ただ、人間とは思えないような声が聞こえたようだ」

岸辺はゆっくりと辺りを見回しながら言った。

「い、いいところを見せられるように、頑張ります」

ミナミは硬い声で、腰に提げた刀の柄《つか》を握った。

その肩にクァンシが軽く手を置く。

「力を抜け。今日は無理をしなくていい」

「で、ですが……」

岸辺はポケットからウイスキーボトルを取り出して、ミナミに向けた。

「あまり気負うな。景気づけにもう一杯いっとくか？」

「い、いいえ、私は」

「岸辺。冗談で命を落としたくはないだろう」

「おかげで場がなごんだと思わないか」

岸辺はクァンシに肩をすくめてみせ、ウイスキーボトルを咥《くわ》えた。

「ミナミ。新人が最初の悪魔駆除に臨む時に、一番重要なことは何かわかるか」

「……しっかり倒しきることですか?」

「いいや、死なないことだ」

「……」

「初めて悪魔とやる時は、パニックになりやすい。恐怖で身がすくむ。緊張で体がこわばる。訓練でできていたことができなくなる。だが、死ななきゃ次がある」

「次が……」

逆に言えば、次がない可能性も十分にあるということだ。そんな当たり前の事実に、ようやく気づいた様子でミナミは恐る恐る頷いた。

傾いた扉を二つ抜けると、作業場と思われる広い空間に出た。

屋根は申し訳程度にしか残っておらず、剝《む》き出しの鉄骨の隙間から、薄い月明かりが差し込んでいる。

そして、目の前に現れた光景に、一同は息を呑んだ。

マネキンだ。

打ち捨てられた無数のマネキンが、浜に上がった大量の魚の死骸のように、床に無造作に転がっている。奥には小山が幾つもあるが、それもうず高く積み上げられたマネキン達の亡《な》き骸《がら》だった。腕のないもの。足のないもの。顔のないもの。土と埃《ほこり》にまみれた、人になりそこねた遺骸が、月光の下で無言の叫びを発している。

「マネキン工場……。あ、悪魔は……？」

ミナミが震える足を進めながら、首《こうべ》を巡らせる。

その足元で、ほんのわずかに影が蠢《うごめ》いた。床に転がるマネキンの一体が、新人デビルハンターの足首を掴もうと、その手をゆっくりと伸ばしている。

岸辺が警告を発そうと口を開きかけた瞬間、先にクァンシの声が響いた。

「下だ、ミナミっ」

「う、わああっ」

マネキンの指先が足に触れると同時に、ミナミは腰から抜いた刀を振り下ろした。

切っ先がマネキンの肩にめりこみ、腕ごと離断する。刀身が床を叩く乾いた音が、静寂の中に響き渡り、マネキンは糸の切れたマリオネットのように動かなくなった。

「や、やった……」

ミナミが岸辺とクァンシを振り返って、小さく飛び上がる。

「私、やりました！」

が——。

動作を停止していたマネキンが、突然むくりと起き上がった。

驚くべきはその外観が、すっかり様変わりしていることだ。強化プラスチックのひび割れた手足は滑らかな皮膚《ひふ》となり、無貌《むぼう》だった顔面にはつぶらな瞳が瞬き、頭部にはショートカットの黒い頭髪が生え揃《そろ》っている。

さっき落とされた片腕がないことを除けば、つまり、それは中野ミナミ、そのものの姿に変貌しつつあった。

「ひっ」

尻《しり》もちをついたミナミのそばで、爆風が吹き荒れる。

直後、ミナミを模したマネキンが、砕けながら後方に吹き飛んだ。ばらばらと崩れ落ちる残骸の前には、拳を握りしめたクァンシが涼しい顔で立っている。

「大丈夫か」

「は、はい……」

クァンシに手を引かれ、ミナミはおぼつかない足取りで立ち上がった。

「え、あの、まさかもう倒したんですか」

「ああ。今のが悪魔の倒し方だ、ミナミ」

「え、ええと」

「思い切り殴る」

「はい……」

「多分、見えてなかったと思うぞ、クァンシ」

しなやかに伸びたバディの背中を一瞥《いちべつ》し、岸辺は無数に散らばったマネキンを観察する。

「マネキンの悪魔……もしくは変化《へんげ》の悪魔、か」

動き出したマネキンをミナミが攻撃し、直後にそれはミナミの姿になって立ち上がった。

少ない情報から想像するに、敵はマネキンのような外見をした悪魔で、自身に触れた相手の姿に変化できるのだろう。

「……」

岸辺は立ち止まって、わずかに腰を落とした。

「どうしたんですか、岸辺さん……？」

ミナミの言葉にすぐに応じず、岸辺は周囲に注意を張り巡らせる。

それは直感だった。

「……クァンシの一撃で倒せたなら問題ない。だが、今のは本当に敵の本体なのか？」

「違うんですか？」

「わからんがな。覚えておけ、ミナミ。悪魔に関しては常に最悪のパターンを想定して損はない。なんせワンミスでゲームオーバーだ。しかもやり直しはないときてる」

「……」

まだ終わっていない。

人ならぬものの悪意の香りが、煙草の煙のようにこの場に漂っている。長年のデビルハンターとしての勘がそう告げている——気がした。

クァンシが腕を組んで、肩をこきこきと鳴らした。

「心配ばかりしているから抜け毛が増えるんだ」

「増えてねえ。こっちはお前みたいに反射神経だけで対応できないんでね。酒にやられた頭を多少は使わにゃならん」

岸辺は、幾つかのパターンを考えてみる。

例えば、敵はマネキンに取り憑《つ》いて操るタイプの悪魔で、クァンシに殴られた瞬間に既に別のマネキンに移動し、この大量のマネキンの森に紛れている。

そして、一度触れられた者と同じ姿にマネキンを変化させることができる。世の中には人間を人形にする殺し屋がいると聞くが、この悪魔は反対にマネキンを人間のような外観に作り替えることができる。

「……それは、別にいい」

姿を真似るだけなら大したことはない。もっと、まずいパターンは――

直後、背筋に悪寒が走った。

奥にうず高く積まれたマネキンの山の一つが盛大に弾《はじ》け、舞い上がった無数のマネキンの間を抜けて、黒い影が一直線に突進してくる。

「ぐうっ」

接近。激突。衝撃。

岸辺は両腕を交差して、突き出された敵の拳を咄嗟《とっさ》に防ぐ。

速く、強く、そして、重い。

クロスした腕の間から見える敵の顔は無表情で、右目に眼帯をしていた。

——最悪の、パターンだ。

それは、バディの姿そのものだった。

クァンシはさっきマネキンを殴った時に触れている。そして、悪魔は触れたものの姿にマネキンを変化させることができる。最悪なのは、敵は外見だけではなく、その身体能力までもを真似できているかもしれないことだ。

みしぃと腕の骨が軋む。岸辺はクァンシ姿のマネキンともつれあったまま、壁際に立て掛けてある鉄筋群の中に突っ込んだ。


「岸辺さんっ！」

思わず叫んだミナミは、焦った表情を教育係に向けた。

クァンシは組んだ腕をゆっくりほどいて、周囲に警戒の視線を送っている。

「……今日は岸辺の心配が当たる日のようだ」

「岸辺さん、大丈夫でしょうか」

ミナミは不安げに声を漏らし、岸辺が消えた方に足を向ける。

すると、奥の暗闇から本人がよろよろした足取りで姿を現した。

「ああ……驚いたが、なんとか倒せたな」

「よかった……」

ミナミは安堵《あんど》の息を吐いて、岸辺のそばに小走りに駆け寄って行った。

刹那。後ろからクァンシの鋭い声が飛んだ。

「待て、そいつに近づくな、ミナミっ」

「え?」

岸辺の姿をした目の前の存在が、ミナミの腹にナイフを突き立てるのと、駆け付けたクァンシの拳がそいつの顔面をとらえたのは同時だった。

敵は触れた者の姿に、マネキンを変化させることができる。

そして、さっき岸辺がクァンシの姿になったマネキンと接触しているのだ。

岸辺の姿がマネキンとなって崩壊していくのを、スローモーションのような映像で眺めながら、ミナミは自身の意識が遠のいていくのを感じていた。


「あたた……」

本物の岸辺は、壁のそばで腰を押さえながら立ち上がった。

すぐ近くには、首のとれたマネキンが転がっている。

幸いだったのは、敵はクァンシの身体能力も真似していたが、さすがに完璧なコピーとはいかず、劣化版になっていたことだ。本来の能力に、マネキンの体がついていけない。だから、隙をついて首を捻《ね》じり切ることができた。

——最悪はなんとか免れたが……。

ただ、おそらく取り憑いていた悪魔は、既に別のマネキンに移っているだろう。

一歩を踏み出して、岸辺は異変に気づいた。

工場の中央辺りで、クァンシが膝をついて、倒れたミナミを抱き上げている。

岸辺は足早に二人に近づいた。

「……息は？」

「ある、が……油断した」

ミナミの腹部に血が滲んでいるが、致命的な量ではない。おそらく傷が深部に達する前に、クァンシが敵を退けたのだろう。意識を失っているように見えるのは、ダメージのショックによるものか。

しかし、バディの声は、冷たく沈んでいる。

アハハ、アハハハ、アハハハ、と工場内に機械的な声が響き渡った。

「引っかかった。引っかかった」

「その女、素直。騙《だま》すの簡単」

悪魔は宿るマネキンを次々と乗り換えながら話しているようだ。

四方八方から放たれる言葉が、互いに干渉しあって不快に反響している。

「マネキンって恐いよね」

「無表情だよね」

「でも、僕らも変わりたいんだ」

「僕らは変われるんだ」

「うん、変わろう。僕らに触れた人間にとって代わろう」

「見た目だけじゃないよ。思考だって読めるんだ」

「思考も……？」

岸辺は眉《まゆ》をひそめた。

「眼帯の女。髭の男。強い。頭おかしい。お前達何を考えているか読めない」

「だけど、その若い女、弱い。素直。簡単に思考読めた」

一体のマネキンが、クァンシが抱えるミナミを指さし、その指先を岸辺に向ける。

「その女、髭の男のこと好き」

「……は？」

岸辺は思わず変な声を出した。マネキン達は構わず話し続ける。

「昔、悪魔に襲われた。髭の男に助けられた。一目ぼれした」

「また会いたい。夜も眠れない。公安に入ろうと思った。頑張った。受かった」

「上についてもらおうと思った。でも、今は指導をしていないと言われた」

「だから、代わりに眼帯の女に教育係になってもらおうと思った」

「バディ、なので、髭の男にもたくさん会える」

「だから、髭の男の姿になれば、油断する。簡単に騙せる。簡単に騙せた」

「けなげ。素直。わかりやすい。殺しやすい」

「……」

ミナミは公安に入った動機を、かつてデビルハンターに助けられたからだと言っていた。

──それって、俺か？

全く気がつかなかった。年中悪魔とやりあっているから、助けた相手の顔までいちいち覚えていない。ただでさえ酒で記憶が曖昧なのだ。

そういえば顔合わせの際、ミナミはお久しぶりです、と言っていた。

意外な暴露話に、束《つか》の間《ま》、足が止まる。

つまるところ──クァンシはミナミに好意を持っていたが、実はミナミは岸辺に想いを寄せていた。そして、岸辺は出会った頃からクァンシを口説き続けている。

まるで交わらない三角形が、バディと師弟の間で形成されていた、という訳だ。

岸辺は無言でクァンシと目を合わせた。

なんとも言えない空気が、二人の間に流れる。

「まあ、なんつーか、あれだ……気を落とすな」

「……」

クァンシは沈黙したまま、腕に抱いたミナミをゆっくりと床に置いた。

うう、とミナミが呻いて、薄目が開く。意識を取り戻しつつあるようだ。思わぬ秘密の露呈を知らずに済んだのは、本人にとっては幸運だったかもしれない。

「ああ、殺し損ねた。ちゃんと殺そう」

「そろそろ終わりにしよう。そうしよう」

「眼帯の女。体が変。使いにくい」

「髭の男にしよう。そうしよう」

「みんなで動こう」

「一緒に動こう」

「趣味が悪いな……」

岸辺は小さく口を開いた。

悪魔は一度乗り移ったマネキンは動かせるのか、それとも同時に複数のマネキンに乗り移れるのかわからないが、骸《むくろ》のごとく転がった無数のマネキンにぞわぞわと黒髪と無精髭が生え出し、岸辺の姿に変貌していった。

ご丁寧に口元の傷まで再現されたそれらが、一斉に身を起こし始めたのだ。自分そっくりの物体が、もがくように何百体も蠢いているのは見ていて気持ちいい光景ではない。

「死ね」

「死ぬがいい」

「全員死んでくれ」

声質まで岸辺になったマネキン達の大合唱が、鼓膜《こまく》にわんわんと響き渡る。あまりの音量で目を覚ましたミナミが、シャツを濡《ぬ》らす自身の赤い血と、岸辺だらけのおぞましい光景に叫び声を上げる。

死ね、死ね、死ね、死ね、しね、しね、しね、シネ、シネ、シネ――。

無数の岸辺達が、呪詛《じゅそ》のごとき言葉を吐き散らしながら、こちら目掛けて駆け出してくる。蟬《せみ》しぐれのように降り注ぐ殺気の中で、クァンシはいつも通りの無表情でつぶやいた。

「……悪夢だな。岸辺は、一人ですら多すぎる」

「おい」

クァンシは滑らかな所作でわずかに身をかがめ、腰にぶら下げた刀の柄を握る。

「やる気か」

「無駄」

「眼帯の女、強い。でも、無理」

「だって、こんなにいるんだもの」

「だって、こんなに多いんだもの」

「もし」

「万が一」

「全員倒すつもりだとしても」

「それで、いいの？」

「間違って、本物を殺しちゃう」

確かに、と岸辺は思う。

場内は岸辺そっくりのマネキンで溢《あふ》れかえっている。クァンシが無差別に攻撃をすれば、本物の岸辺までをも間違って手にかけてしまうかもしれない。

だから、いくらクァンシと言えども、あまり無茶な真似はできないはずだ。

と、考えるのは大間違いであることを、岸辺は知っている。

咄嗟にナイフを構えた瞬間、クァンシの姿が消えた。

いや、消えたのではない。視認ができないのだ。

音すらも置き去りにして、黒い残像が空間を縦横無尽に駆け巡る。

足の形にへこんでいく床や壁が、唯一クァンシの直前の居場所を知らせる印となり、遅れて音が、更に遅れて津波のような風圧が全身に襲い掛かってきた。

そして、勝敗は一番先に決していた。

宙に舞うは、無数の岸辺の首《こうべ》。

斬られたことすら気づかず、呆然《ぼうぜん》と立ちすくんでいた首のないマネキン達は、ようやく追いついてきた理解とともに、一斉に床に倒れこんだ。

無事に立っているのは、当のクァンシと、本物の岸辺だけだった。

岸辺は深く息を吐いて、額《ひたい》の汗を拭う。

「ど、うして」

クァンシの指先が、小さな羽虫のような何かを摘んでいた。

くたびれた手縫い風の人形に、黒い羽根が生えている。これが悪魔の本体だろう。

「なぜ、本物を、見分けられた」

「別に見分けてなどいない」

悪魔の問いに、クァンシは淡々と、こう続けた。

「全員殺すつもりで斬っただけだ」

「そんな、こと」

「あるんだよな、それが。俺のバディはそういう奴だ」

岸辺は首をこきこきと鳴らして、握ったナイフを眺めた。

クァンシならやる。岸辺はそれを九年前から知っている。

だから、クァンシのスイッチが入った時点で、岸辺がもっとも注力すべきは、自らの身を守ることだった。現に岸辺のナイフには、バディの攻撃を受け止めた際の、深いひびが入っている。

「これで死ぬような男なら、九年も私のバディをやっていない」

クァンシは淡々とつぶやいて、摘んだ悪魔を指先でひねり潰した。

蚊の鳴くような断末魔の悲鳴が戦いの終幕を告げ、最後に無と静寂が訪れる。

「立てるか、ミナミ」

へたりこんだまま声も発せない様子のミナミに、クァンシは手を伸ばした。

だが、その指先はしばし虚空をさまよい、やがておもむろに下ろされる。

「……岸辺。ミナミを病院に送ってやれ」

「ああ……」

「あと、壊した部屋の鍵も弁償しておけ」

「壊したの俺じゃねえだろ」

岸辺はミナミを立ち上がらせて、肩を貸した。

「あ、あの……私……」

「心配するな。それくらいの出血なら死にはしない。ほっとく訳にゃいかんが」

立ち去ろうとするバディのしなやかな背中に、岸辺は呼びかける。

「おい、クァンシ」

「なんだ」

「お前、実はどれが本物の俺かわかってたんだろ」

「……」

全員殺すつもりだった。

本音ではあるだろうが、やはり本物の岸辺には多少の手加減があった気がする。

腕の一本くらいは覚悟していたが、ナイフのひびだけですんだのがその証拠だ。

クァンシは迷惑そうな顔で、一瞬だけこっちを振り返った。

「その悪魔が地獄から復活したら言っておけ。岸辺を真似るなら、酒臭い息までしっかり真似しろとな」

そうして、気だるげな足取りで、外の暗闇に消えて行った。

「クァンシ先生……わかってたんですか」

「ああ。むしろわかった上で、俺を攻撃してきやがった」

さすが最高に頭のいかれたバディだ。おそらく愛犬のミナミが、クァンシではなく、岸辺のほうになついていたと知った憂さ晴らしだったと解釈する。

「敵《かな》わない、です」

ミナミが苦しそうにぽつりと言った。

「そりゃそうだ。あいつに敵う奴なんてそうはいやしない」

「いえ、そうでは、なくて――」

ミナミの手は傷を負った腹ではなく、自身の胸をぐっと押さえている。

「私は、岸辺さんのマネキンにすぐ騙されてしまいました。でも、クァンシ先生は何百体の中から、本物の岸辺さんを見つけ出していた……」

「……」

小さな敗北宣言が、月明かりに溶けて消えていった。

＋＋＋

「ミナミが、公安をやめた」

三日後。

高級ホテルの最上階に位置するバーで、クァンシはおもむろに言った。

隣に腰を下ろした岸辺は、窓の先に広がる夜景を眺めながら答える。

「賢明な判断だ。あれじゃあすぐ死ぬ。これ以上酒が増えるのは勘弁だ」

「……」

ワイングラスに手を添えたまま、クァンシは口を開いた。

「ミナミは岸辺が目当てだったのだろう。どうして応えてやらない」

「俺にはお前という心に決めた女がいるからな。って、殴るなよ」

機先を制され、クァンシは振り上げかけた拳を渋々下ろす。

「九年間もよく言い続けられるものだ」

「自分でもそう思うよ」

「なぜ私なんだ」

「そりゃ惚《ほ》れてるからな」

無言のままのクァンシの横で、岸辺は手元のウイスキーに目を落とした。

「それに……お前は簡単に死なない」

バディの眼帯の瞳が岸辺を向いた。

十二年もののマッカランで満たされたグラスをまわすと、シェリー樽で熟成された甘く芳醇《ほうじゅん》な香りが立ち昇ってくる。

「人間、関われば情がわく。だが、公安のデビルハンターってのはあっという間に蒸発して消えちまう。昨日まで隣にいた奴が、今日は別の奴に変わっている。そのたびに酒の量が増える。そのうち深く関わるのを躊躇《ためら》うようになる」

「……」

「クァンシ。お前は死なない。お前は変わらない。だからきっと安心して情が持てる」

「……馬鹿みたいな理由だな」

「馬鹿はお互い様だろう」

なぜだか今日はアルコールがよくまわる。

岸辺はカウンターに突っ伏して、バディに熱を帯びた視線を向けた。

「……好き」

告白、とは両者が生きていて初めて成立するものだ。

九年分の情を乗せ、岸辺は今日も口説き文句を口にする。今日も口にできている。

今日も二人は生きている。

「最近気づいたが私は……」

そう切り出したクァンシは、しばしの沈黙の後、いつもの無表情でおもむろに告げた。

「女が好きなのかも……しれない……」

岸辺は苦笑交じりに息を吐き、琥珀色に輝く液体を喉に流し込んだ。

「……知ってるよ」

幾つもの死線をともに越えてきてなお、濃くはならず、深まりもしない。

そして、少しも甘くもない。

九年前から変わらないそのそっけない味わいが、なんだか妙に心地よく感じられた。

［第3話］バディになった日

窓一面に、白銀の世界が広がっていた。

鉛色の空からとめどなく降り続ける雪が、大地をあまねく覆い尽くしている。剝《む》き出しの黒土も。ひび割れたアスファルトも。弱々しく風に揺れる枯草も。

雪は地上に存在するあらゆるものを、穢《けが》れのない白に塗り替えていく。

白一色に塗りつぶされた光景を眺めていると、さながら天がこの誤りに満ちた世界を白紙に戻そうとしているようにも思えた。

それでも、家族をいっぺんに失った凄惨な過去の記憶だけは、どれだけ深い雪の中に埋もれようとも、確かな鈍い痛みを胸の奥に残している。

「……」

アキは小さく溜《た》め息《いき》をついて、視線を旅館の窓から室内へと移した。

布団《ふとん》に大の字になったデンジ。

掛け布団から盛大にはみ出し、デンジに足をのっけたパワー。

各国からデンジを殺しにやってきた刺客の件がなんとか片付き、恒例行事となっている北海道《ほっかいどう》での墓参りにやって来た訳だが、今年は同居人の二人が無理やりついてきたせいで、随分と騒がしい旅になった。新幹線で大声を上げるし、船では吐くし、バスで吊《つ》り革《かわ》に摑《つか》まって遊ぶし、墓でお供え物を勝手に食べるし、保護者としては心休まる暇がなく、おちおち墓参りもできない状態だった。

絶妙なハーモニーを奏でる二人のいびきに軽く眉《まゆ》をひそめ、アキはもう一度窓の外へと目を向ける。

「墓参り、か……」

家族の墓参りは嫌なことばかり思い出すから憂鬱だったが、今年はデンジとパワーが騒がしかったせいで、そんな余裕もなかった。

一息ついた今、代わりに脳裏《のうり》に浮かぶのは、今は亡きバディのことだ。

彼女との出会いも、そういえば墓だった。

白く染まった景色を眺めながら、アキは公安デビルハンターとしての初任務の日に思いを馳《は》せた。

＋＋＋

「姫野《ひめの》……お前の新しいバディだ」

デビルハンターとしての最初の研修を終えた後、指南役だった岸辺《きしべ》に連れられて来たのは墓地だった。

見渡す限りの十字架。

頭上を旋回するカラスの鳴き声が、やけにうるさく感じた。

無数に並んだ十字架の一つに、花束が供えられており、その前にバディとなる予定の女は立っていた。

頭から右目までを覆うように巻かれた包帯。右腕《みぎうで》も負傷しているようで三角巾で吊っている。姫野、と呼ばれたその女は、満身創痍《まんしんそうい》の状態のまま、空虚な瞳で目の前の十字架を見下ろしていた。

その時の正直な感想は、落胆、だったかもしれない。

悪魔との戦いでこれほどの怪我《けが》を負うなんて、大した実力ではないのではないか。銃の悪魔を殺すために公安に入ったというのに、バディがこんな調子で大丈夫なのだろうか、と。

「俺はアキ。よろしく」

そう感じたせいという訳でもないが、初めての挨拶は立ちすくむ姫野の横で軽く頭を傾けただけだ。まあいい。銃の悪魔は、自分の力で殺せばいい。どうせ最初から誰とも馴《な》れあうつもりはない。本気でそう考えていた。

「無礼だが少しは使えるように育てた。上手《うま》くやれ」

岸辺がそう告げると、姫野は墓に目を落としたまま言った。

「キミは使えるの？」

「さあ……まあ……」

それなりにやれる自信は勿論《もちろん》あるが、急に聞かれても困る。

曖昧に答えると、姫野はこう続けた。

「私のバディ、キミで六人目。全員死んでるの。使えない雑魚《ざこ》だから全員死んだ」

「……」

声は低く、冷たく、まるで感情が抜け落ちたかのようだった。

無言で姫野の横顔を見つめると、その虚《うつ》ろな瞳がようやくこちらを向いた。

「アキ君は死なないでね」

＋＋＋

最初の任務は、出会いからちょうど二週間後のことだった。

「これ、どこに向かってるんだ」

姫野の運転する車の中で、助手席のアキは口を開いた。

公安に出勤したら、「じゃあ、行くよ」と言われていきなり車に乗せられたのだ。

しかし、出発してからも姫野はずっと無言でいたため、アキは訳がわからず遂《つい》に焦《じ》れて尋ねてみることにした。

ハンドルを握る姫野は、視線を前に向けたままあっけらかんと答えた。

「んー、事件現場」

「事件現場？　まさか悪魔が出たのか？」

「悪魔っていうか、魔人かな」

「何も聞いてないぞ」

「言ってなかったっけ？」

「言ってない」

「まあ、いいじゃん。アキ君はまだ新人なんだし、私がわかってるからさ」

「俺がわかっていない」

「あ、今通り過ぎたラーメン屋美味《おい》しいんだよ」

「人の話を聞け」

「でも、美味しいのはラーメンじゃなくてチャーハンなんだけどねー。ラーメンはくそマズくてさ。だから客はみんなチャーハンだけ頼んで帰るの。いっそチャーハン専門店にしたほうがいいと思うんだけど、そこは頑《かたく》ななんだよねー」

右目を覆うような形で黒い眼帯をつけた姫野は、のんきな調子で言った。

この二週間はずっとこんな感じだ。

初めて会った時の魂が抜けたような雰囲気はなりを潜めてはいるが、代わりに昨日は何を食べた、どこどこに美味しいワッフルの店がある、などのらりくらりとした実のない会話があるだけで、後はひたすら書類仕事をやらされるだけだ。

おかげでいまだにデビルハンターになったという実感が持てないでいる。

ようやくやってきた悪魔駆除の初任務だというのに、内容もろくに説明しないとはどういう了見だろう。

「……」

いや、本当はわかっている。

おそらく、まだバディと認められていないのだろう。アキと組む前、姫野は五人のバディを亡くしたと言っていた。使えない新人はいらないということだ。

上等だ。頭や右腕の怪我についてはあらかた治ったようだが、こっちだって悪魔との戦いで不覚をとるような相方は必要ない。

そう言ってやりたいところだが、さすがに新人の自分に相手を選ぶ権利がないのはわかっている。公安がバディでの行動を基本にしている以上、銃の悪魔に辿《たど》り着くには、最低限この女に自分を認めさせる必要はある。

アキは横目で姫野を睨《にら》んだ。

「……俺を使えない雑魚と一緒にするな」

「んー？　何か言った？」

「いや、窓開けるぞ」

「やだよ、寒いもん」

「煙草《たばこ》臭いんだよ」

姫野の左手はハンドルを摑み、右手は火のついた煙草を摘《つま》んでいる。

ヤニ臭い香りが、車内に充満していた。

「えー。アキ君、煙草吸ったことないの？」

「吸ったことないと何か問題があるのか」

「別にー。でも、生意気な割に意外とお子様……って、本当に窓開けた。ちょっとぉ、先輩が寒いって言ってんだけど」

「俺は年数が長いだけの奴《やつ》を先輩とは認めない」

「つまり……私は認められてないってこと？」

「そうだな」

「じゃあ、お互い様だね」

「……」

沈黙の降りた車内に、乾いた風の音《ね》と、冬の冷気が浸入してくる。

窓の隙間から這《は》い出た紫煙が、空に長く伸びていた。

「依頼人とは私が話すから、アキ君は横で黙って見ててね」

「……」

現場に到着して最初に言われた一言がこれだ。

新人は大人しく見学しておけ、ということらしい。

車を降りると、目の前にあったのは大規模な団地だった。それなりに年季が入っているが、ベランダに並んだ布団や、風に揺れる洗濯物が、この建物がまだ現役であることを物語っている。

依頼人と思われる初老の男が、入り口に立っていた。

「公安のデビルハンターさんですね。ご足労頂きありがとうございます」

男の名刺には、団地運営を担う行政法人の責任者という肩書《かたが》きが記載されていた。

そのまま管理人室に移動すると、早速話が始まる。

「この一週間で、複数の入居者が魔人に襲われているんです。おかげで入居予定者にはキャンセルされるし、退去者も増えています。これ以上被害が広がると、経営が立ち行かなくなるんです」

男は沈痛な面持ちで、苦しげに言った。確かに外から見た時にも、ぽつぽつとカーテンのかかっていない空き部屋があったことをアキは思い出す。

「どんな状況で、どういう相手に襲われたのか、もう少し具体的に教えてくれます？」

姫野は慣れた様子で相手に質問をした。

「ええと、魔人が現れたのは夕方から夜にかけての時間帯です。玄関のインターホンが押され、応対に出た三世帯がこれまでに襲われています」

「どういう外見の相手ですか」

「フードをかぶっていて顔ははっきりしないようですが、口元には鋭い牙《きば》が何本も生えていたと」

「ふぅん。まあ、確かに魔人でしょうね」

魔人、とは人間の死体を乗っ取った悪魔のことで、頭部や顔に通常の人間とは異なる特徴が現れる。人格は悪魔のものだが、中には人間の記憶を受け継いでいる者もいるようだ。

「あとは小さい弓矢――ボウガンのようなものを持っていたと聞いております」

「ボウガン……」

姫野は俯《うつむ》いて顎《あご》を指でなでた後、おもむろに顔を上げた。

「自分の目でも確認したいので、防犯カメラの映像があれば見せてもらいたいのですが」

「それがなにぶん古い建物でして、そういうものは設置されていないのです」

「じゃあ、どうして魔人の姿が判明しているんですか。管理人さんが目撃したとか？」

「管理人も常駐という訳ではないので、特にそういう話は聞いておりません」

「では、誰の目撃情報なんですか」

アキも同じ疑問を持った。すると、依頼人は少し意外な答えを返した。

「実は被害者からの情報なんです。魔人に襲われた中でも、生き残った方が数名おりまして」

「……」

姫野とアキの視線がわずかに交錯した。


「い、一〇一号室の佐藤《さとう》です……」

最初に管理人室に現れたのは、ふくよかな体型をした中年の女だった。

ただ、頰《ほお》はげっそりとこけており、今にも崩れ落ちてしまいそうに見える。

「私が襲われたのは五日前です。インターホンが鳴ったのは、ちょうど夕飯の準備を終えたくらいのことでした」

パイプ椅子《いす》に座った後、女はぽつぽつと事件のことを語り始めた。

「黒いフードをかぶった男だったと思います。ただ、相手が俯いていたので、ドアの覗《のぞ》き穴からだと顔はよく見えませんでした。開けた途端にいきなりボウガン、というんですか。矢を向けられて……」

女はそこでしばらく言葉を切った。

「どうやら矢は外れたようなんですが、私はショックでそのまま気を失ってしまって。気づいたら、十五分くらい経っていたと思います。家族のことが気になってリビングに向かったら……」

同居している高齢の母と夫、それに二人の子供達《たち》の胸に矢が突き刺さっていたという。

そこまで話すと、女はさめざめと泣き始めた。

彼女が背を丸めて退室した後、姫野は椅子にもたれかかって言った。

「アキ君、大丈夫ー？」

「何がだ」

「表情、硬くなってるけど」

「……」

「あんまり被害者に感情移入しすぎたらこの先もたないよ」

「わかってる」

自分と同じように、いっぺんに家族を失った彼女に同情した訳じゃない。俺ならただ泣いて終わらせるような真似《まね》はしない。必ず銃の悪魔に辿り着いて殺してやる。そういう思いを再確認しただけだ。

「二〇二号室の篠原《しのはら》です」

続いて入ってきたのは、眼鏡《めがね》をかけた三十代くらいの男だった。

柔和で実直そうな外見をしているが、肩はがっくりと落ちている。

「インターホンが鳴ったのは、三日前、ちょうど夕食の準備中でした。出たのは妻です。ああ、食事はいつも僕が作っているので。そしたら、すぐに玄関から悲鳴が聞こえて……」

男は膝《ひざ》に置いた両手をぐっと握りしめた。

「慌てて向かうと、妻が倒れていました。その前に黒いフードをかぶった男が立っていて。確か牙《きば》のようなものが口から生えていたと思います。逃げる間もなく、ボウガンを向けられて僕も気を失ってしまいました」

気持ちを鎮めるように、男は深呼吸をして目の前のお茶を啜《すす》った。

「多分……十五分くらいで意識を取り戻したと思います。僕に放った矢は運よく外れたようでしたが、倒れた妻に駆け寄ると、胸に深々と矢が刺さっていました」

妻の葬儀を終えたばかりという男は、悔しそうに喘《あえ》いだ。

子供はおらず、夫婦二人で仲良く暮らしていたという。

男は眼鏡を持ち上げて両目を拭った。

「フードをかぶった不審人物には注意するように回覧が来ていたんですが、妻は仕事で留守にしがちでしたのでそれを見ていなかったんです。僕が先にドアスコープを覗いていれば、決して開けたりはしなかったのに……いや、その前にちゃんと妻に注意をしていれば……」

続く言葉はなかった。

「ちっす。横田《よこた》っす」

最後の証言者は、一人暮らしの若い男子大学生だった。

「部屋が汚いんで、玄関で話をするんでもいいですか？」

雑然とした廊下を振り返って彼は言う。ここは三〇一号室、彼が住む部屋だ。

最初の二人は、事件の起きた部屋にいるのがつらいし恐《こわ》いとの理由で、一時的に外の宿泊施設に滞在しているのを依頼人が呼び寄せてくれたのだが、三人目はまだ同じ部屋にいるとのことだったので直接訪問することにしたのだ。

「あいつが来たのは昨日っす。いや、まじでびびりましたって。ドア開けたらいきなり矢で撃たれるとか、意味わかんないっすよ」

驚いた様子を表現したいのか、彼は顔の前で大袈裟《おおげさ》に手を振った。

夜一人でテレビを見ていた時に、インターホンが鳴ったらしい。

ドアを開けると黒いフードをかぶった男が立っていた。

目元はよく見えなかったが、口元からは歪《いびつ》な牙が何本も飛び出していたという。

「回覧？　いや、全然見てなかったっす。下の階でなんか事件が起きたらしいっていうのは知ってましたけど。あんまし深く考えずに開けちゃいました。ドアの覗き穴ちゃんと見ないと駄目っすね」

大学生は今風に整えられた茶髪《ちゃぱつ》をぼりぼりとかいた。

「撃たれた瞬間は、死んだって思いましたもん。でも、十五分後ぐらいに目覚めて。ここは天国かなって思ったけど、普通に俺ん家の玄関でしたね。どこにも怪我してなくて、矢は外れたみたいでした。かっこ悪いけど、びびりすぎて気を失っちゃったんですよね。特に盗《と》られたもんもなかったですし、あいつがノーコンでまじ命拾いしたって感じっす」

まだ生々しい記憶が残っているのだろう。男子大学生は饒舌《じょうぜつ》に事件の経過を語った。

その時、廊下の台に置かれた電話が鳴った。ちょっとすいません、と言って彼は受話器を持ち上げる。

「……もしもし、ああ、そう。今、公安の取り調べ受けてん。ちゃうちゃう、俺は被害者や……ええっ、ほんま？　嘘《うそ》やろっ」

電話を耳に当てた彼は、目を見開いて叫んだ。

「どうしたの？」

「あ、いえ、ちょっとすんません。急用ができたんで、もういいっすか」

姫野が尋ねると、大学生は急いで電話を切り、少し慌てた様子でドアを閉めた。

最後の一人の聴取が終わり、姫野とアキは依頼人と一緒に管理人室に戻ってくる。

「それで、いかがでしょうか」

依頼人が恐る恐る問うと、姫野は手つかずだったお茶を飲み干して答えた。

「まあなんとかしますよ。一応プロですから」

「本当ですか」

「その代わり、協力してもらいたいことがあるんですが」

「はい、なんなりと」

「明日の夕方に、団地の部屋を一室使わせてもらえますか」

「明日の夕方、ですか……？　交渉してみますが、どこの部屋がよろしいでしょうか？」

依頼人が言うと、姫野は湯呑《ゆの》みを静かに机に戻してこう答えた。

「四〇一号室で」

＋＋＋

事情聴取の後、アキと姫野はそのまま団地の管理人室に留《とど》まることになった。

事件の再発生を恐れる依頼人から、夜間の監視と警備を懇願されたのだ。管理人室は受付窓口と、聴取を行った休憩スペースが続き部屋となっており、受付で目を光らせるアキに、休憩室で出前の品を広げた姫野がのんびりと言った。

「アキ君もこっち来て食べなよー」

「俺はここで見張っておく」

管理人室は団地の中央玄関口の脇にあるため、外からやってくる者を監視しやすい。件《くだん》の魔人が突然現れるかもしれないと、視線を油断なく左右に巡らしていたら、ふいに後ろからレンゲに盛ったチャーハンが差し出された。

「ほら、せっかく出前してもらったんだし、冷めると勿体《もったい》ないよ。このチャーハン、本当に絶品だから食べてみて。はい、あーん」

レンゲを持った姫野が、湯気の立つチャーハンをぐいとアキの目の前に掲げた。

「……自分で食える」

仕方なくレンゲを受け取り、口に運ぶ。

確かにうまい。

出前は姫野が運転中に言っていたラーメン屋からとったものらしいが、パラパラとした軽やかな食感に、黒胡椒《くろこしょう》の刺激とごま油の芳醇《ほうじゅん》な香りが絶妙なアクセントを添えている。

「で、こっちが看板メニューの醤油《しょうゆ》ラーメン」

続いて姫野は、もう一つのどんぶりを嬉《うれ》しそうに持ってきた。

「……」

確か、チャーハンはうまいが、ラーメンはマズいと車の中で言っていた気がする。

警戒しながら、恐る恐る一口啜り――

「ごぼぉぉっ」

アキは、大きくむせて吐き出した。

想像を超えるマズさだった。まるでドブを煮詰めたような醜悪な味わいだ。

「あははは、ね〜、ラーメンは激マズでしょ。これ、沼ラーメンっていうんだ。ハマって抜け出せないくらい深い味わいってことらしいけど、普通に沼みたいな味がするでしょ」

「マズいとわかってるなら、なんで注文したんだ」

「やっぱ一度はこのマズさを味わって欲しいんだよね〜。ほら、まだおかわりあるよ」

けらけらと笑う姫野に、アキは顔をしかめて言った。

「もういい。仕事中だぞ。悠長に飯を食ってる暇なんかないだろ」

「ん？　食っていいに決まってるじゃん。人間、腹が減っては戦はできないしさ。食べられる時に食べておくのもプロのうちだよ」

「……最悪、飯はいいとしても、右手のそれはなんだ」

姫野は出前だけではなく、コンビニでしっかりビールまで調達していた。出前を待たずに飲み始め、既に五百ミリリットル缶が五本も空いた状態で机に転がっているのに、更に新たな一本を右手に握っている。

「これはね、ビールという飲み物です」

「馬鹿にしてんのか」

「いいじゃん。腹が減っては戦ができないように、酒がなくては宴《うたげ》ができないんだよ」

「今は宴じゃなくて、魔人駆除の任務の最中だろ」

「アキ君って真面目《まじめ》だねー。真面目すぎると早死にするよ」

「俺は簡単には死なない」

「……」

後ろに立つ姫野は少し黙った後、手にした六本目の缶ビールをぷしゅうと開け、休憩室のパイプ椅子によっこらしょと腰《こし》を下ろした。

「大丈夫だって。依頼人のたってのお願いだから、仕方なく今夜はここに留まることにしたけど、本番は明日なんだからさ」

「明日？」

「うん、明日には片《かた》がついてるよ。だから今夜は前夜祭ってワケ」

姫野はチャーハンを頰張りながら、見えない誰かと乾杯するように、虚空に缶ビールを差し出した。

楽観的すぎる回答に、アキは思わず眉をひそめる。

なんの根拠があって言っているのだろう。まだ魔人がどこに潜んでいるのかもわかっていないというのに。それともまさか既に見当がついているのだろうか。

「魔人の居場所？　ぜーんぜんわかりませーん」

しかし、お手上げとばかりに大きく両手を広げた姫野に、アキは苛々《いらいら》を募らせた。

「じゃあ、なんで明日片をつけるなんて言えるんだよ」

「ほら、そこは私もプロだからさ」

「説明になってねえ」

「絡むねー。ちゃんとカルシウム摂《と》ってる？」

「俺は真面目な話をしてるんだ」

やっぱりこいつとは合わない。受付に座ったまま睨みつけたが、隣室の姫野はどこ吹く風で、ポケットから煙草を一本取り出した。

「魔人の居場所はわかってないけど、被害がこの団地に集中しているってことは、この団地のどこか、または近隣に潜んでいるとは思う」

「だったら、こんな場所で油を売ってないで、しらみつぶしに捜さないと駄目だろ」

「この巨大団地を一軒一軒まわる気？　駄目とは言わないけど、令状がある訳じゃないから、居留守使われたら終わりでしょー」

「魔人の外見は割れているんだろ。聞き込みをすれば効率よく絞れるはずだ」

人間の死体を悪魔が乗っ取ったのが魔人だ。

ということは、魔人の外見は、乗っ取られた人間がベースになっている。その人物が団地や周辺の住人であれば、誰かが知っているだろう。目撃者の証言を参考に、魔人の似顔絵を用意し、あちこち見せてまわれば、元になった人物を見知った者は必ずいるはずだ。

魔人はその人物の部屋に潜んでいる可能性が高い。

「ふーん……思ったより賢いんだね、アキ君」

「思ったより、は余計だ」

「でも、残念。ぶっぶー」

「はあ?」

「そいつは黒いフードをかぶって俯いていたんだよね。はっきりわかるのは口周りの牙だけ。それは魔人になってから現れた特徴だから、生前の姿の参考にならない。以上」

「……」

だったら、フードを手がかりに——いや、駄目だ。黒いフードなどありふれている。絞り込む材料としては不十分だ。

アキは唇《くちびる》を引き結んで、ミネラルウォーター入りのペットボトルを手に取った。

「じゃあ……ますます明日中に片をつけるなんて無理だろ」

「そう?　捜しに行けないなら、待ち伏せて迎え撃てばいいじゃん」

「いや、だからどうやって。そもそも魔人が明日やってくるとは限ら……」

アキはそこで言葉を止めた。

ペットボトルの蓋に指をかけたまま固まっていると、姫野がにへらと笑った。

「三つの事件がいつ起こったか思い出した?」

「……最初の事件が五日前。次の事件が三日前。そして、三つ目の事件が昨日。一日おきに起きている……」

そのルールで言えば、確かに次に魔人が襲来するのは明日、ということになる。

「だけど、なんで」

「さあ？　理由なんてどうでもいいのよ。魔人ってのはそれぞれ違うし、型に嵌《は》めて考えるのは危険だし。ただ、経過を見ると、こいつはおそらくそういう律儀なマイルールを持っている奴だろうってこと。元の人間の記憶を持っている魔人もいるから、そいつが几《き》帳面《ちょうめん》だったのかもしれないけどねー」

「……だから、明日ってことか」

「更に言うと、事件は三つとも夕方以降に起きている。多分、一家団らんのタイミングを狙ってるんじゃないかな」

「つまり、魔人は明日の夕方以降に現れる」

「ぴんぽーん、正解。ご褒美にほっぺにちゅうしてあげよっか」

「いらねえ」

立ち上がって近づいてきた姫野の顔を、アキは右手でぐいと押し返す。

どうやら、早くも酒が回り始めているようだ。

不服そうに唇を尖《とが》らせる姫野に、アキは眉間《みけん》に皺《しわ》を寄せて言った。

「肝心の問題がまだ残っているだろ。待ち伏せるとしても、どこで待つかが問題だ」

見当違いの場所でいくら待機していても仕方がない。

この管理人室は外部からの訪問者の監視には有効だが、魔人が団地内部に潜んでいた場合は、ほとんど意味をなさない。

しかし、姫野は愚問とでも言わんばかりに、ゆったりした動作で煙草に火をつけ、満足げに煙をくゆらせた。

「だから、依頼人に部屋を貸せってお願いしたんじゃん」

「……」

確かに、生存者の証言を聞いた後、姫野は依頼人に、明日の夕方に団地の部屋を使いたいと頼んでいた。

その部屋は、四〇一号室。

「魔人はそこにやってくるってことか？　一体、なんの根拠で――」

いや、根拠はあるのだ。

最初の事件の被害者は一〇一号室。二番目は二〇二号室。三番目は三〇一号室。

思い返せば、階が一つずつ上がっている。姫野の言う通り、敵が律儀なマイルールを持っているとしたら、次に狙われるのは四階だ。しかし、だとしても――

「四〇一号室とは限らないだろ。他の部屋が襲われたらどうするんだ」

「んー。多分、大丈夫。魔人は一号室から順番にインターホンを押してるはず。そういうルールなんだよ」

「それは違うだろ」

一階と三階の被害者は確かに一号室だったが、二階の被害者は二号室だ。

必ずしも一号室が狙われているとは限らない。

だが、姫野は動じることなく煙草を携帯灰皿に押し込み、新たな一本に火をつけた。

「外から団地を見た時、二〇一号室は洗濯物が何も干されていなかったし、カーテンもかかっていなかった。あそこは空き部屋だったんだよ。だから、二階だけは二番目の部屋――つまり、二〇二号室が狙われることになった。結論。想定される魔人のマイルールに従うと、敵は明日の夕方以降、四〇一号室にやってくる。私達はそこで迎え撃てばいい。以上」

「……」

黙りこくるアキの顔を、姫野は首を傾けて見つめる。

「どう？　先輩って呼ぶ気になった？」

「……」

何も、言い返せなかった。

自分は事情聴取だけでそこまで想定できなかった。これが年季の違いなのか。

「まあ、後はそいつがなんの魔人かわかればより対策は取りやすいんだけど、全員にとどめを刺さずに帰るような抜けた魔人みたいだから、ぶっつけ本番でなんとかなるっしょ」

姫野はふぅと煙草の煙を吐き出すと、にやついた顔をアキに向けた。

「え、まさかアキ君、私が依頼人に部屋を貸してって言ったの、二人がしけこむための部屋だと思った？」

「思ってねえ」

「そうかー、アキ君はお姉さんとしけこみたかったか」

「酔ってんのか？」

水代わりに流し込んでいたビールのせいで、姫野の頬はうっすら赤く染まっている。

「酔ってるよー。だから、酔いさましにコンビニで焼酎買ってきて。私の車使っていいからさ」

「なんで酔いさましに焼酎なんだよ。というか、俺、まだ免許持ってないぞ」

「え、まじ？」

一瞬素に戻って何度か瞬《まばた》きすると、姫野は肩を落として机に突《つ》っ伏《ぷ》した。

「えー、なんだよー。使えない新人だなー」

「くっ」

言い返したいが、力量の差を見せつけられたばかりなので言葉が喉《のど》に詰まる。

「罰として、明日、アキ君は後ろで見学してなさい。魔人とは私がやるから」

「はあ？　ざけんなっ」

さすがにそこまでは受け入れられない。アキは思わず立ち上がって大声を出した。

たまたま窓口の前を通りかかった住人が、驚いたようにこちらを見ている。アキは忌々《いまいま》しげに口を結ぶと、姫野に詰め寄った。

「おい、酔っぱらい。俺は見学するためにデビルハンターになったんじゃない」

肩を摑んで言うと、目をとろんとさせた姫野は、机に頰をつけたまま、ぽそぽそと言葉を吐いた。

「生意気。運転もできないひよっこのくせに」

「それとこれとは関係ないだろ」

「煙草も吸わないいくせに」

「もっと関係ねえ」

「死ぬよ」

「は？」

「……言ったでしょ。私のバディ、五人死んでるって。私のバディになると死んじゃうの。そういう風になってんの……」

「……」

姫野の顔は確かにこちらを向いている。だが、その瞳は暗く虚ろで、何も見ていないようでもある。最初に墓地で会った時と同じ目だ。

姫野は暗闇の中で何かを探すように、左手をゆっくりとアキのほうに伸ばした。

「……アキ君、まだ若そうだし、カワイイ顔しているし、死ぬのはもったいないよ」

「だから、俺をバディと認めないってのか。そんな気遣いはくそくらえだ。俺は簡単に死んだりしない」

「……」

しかし、アキに応じることなく、姫野はたどたどしく言葉を紡ぐ。

「この出前さ……ラーメン屋なんだけど、ラーメンはマズくてチャーハンが美味しいでしょ。チャーハン専門店にしたほうがいいって言ってんのに、店長が頑ななんだよね。自分には、至高のラーメンが作れるはずって信じきっちゃってんの……」

姫野が何を言いたいかわからないが、看板メニューを食べた感想を踏まえると、それは店長の大いなる勘違いと言わざるを得ないだろう。

「それがどうした」

「自分だけは死なない……みんなそう言うの。そう信じきっちゃってんの。でも、死んじゃうんだ、あっさり。バディを置いてさ」

「……」

机に寝そべるように腕を投げ出した姫野を、アキはじっと見下ろす。

どこか投げやりにも見えた任務中の飲酒は、バディを失ったばかりゆえか。

「俺は——」

しかし、開きかけた口はそこで動きを止めた。

姫野の左眼《ひだりめ》はいつの間にか閉じており、すぅすぅと寝息を立て始めている。

「……くそっ」

アキは舌打ちをして、生温《なまぬる》くなったペットボトルの水を喉に流し込んだ。

姫野の吐息から漂うアルコールと煙草の香りが、やけに鼻につく。

室内では乾いたヒーターの音だけが、夜に空虚に響いていた。

+++

翌朝。様子を見に来た依頼人に、特に騒ぎらしいことはなかったと告げ、アキは公安に出勤した。一方の姫野は午前休を取ったようで、「夕方に現地集合」という簡単な連絡が来ただけだ。

バディ不在の中、幾つかの作業を終え、太陽がわずかに傾きかけた頃、アキはバスで再び事件現場の団地に向かった。

依頼人の案内で、四〇一号室に足を踏み入れる。

既に話は通っているようで、部屋の住人は貴重品を持って実家に帰っているらしい。昨日は騒がしかった団地周辺には人っ子一人おらず、建物の造り出す影が、辺り一帯を黒く飲み込んでいた。無人の公園では、風にあおられたシーソーが、獣の鳴き声のような細い悲鳴を上げている。

部屋は玄関の先にトイレと短い廊下があり、突き当たりのドアの奥がダイニング、その両脇に浴室と二つの六畳間が配置された簡素な間取りだった。

暖房がついていないため肌寒《はだざむ》い。アルミサッシ窓から差し込む西日のせいで、畳はすっかり色あせており、すえた香りが漂っている。

スーパーの特売日が書き込まれたカレンダー。油にまみれた換気扇。時の地層に埋もれたような冷蔵庫には、マグネットでゴミ収集についてのお知らせが貼られている。

人の営みが醸し出す臭いであり、ここに根差した生活の残り香だ。

それは故郷の北海道には、もうないものだった。

家族とともに、住んでいた家も、丸ごと銃の悪魔の襲来に飲み込まれてしまったからだ。

「十五時半か……」

アキは時間を確認し、狭い廊下の奥、玄関を真正面に見通せる場所に腰を下ろした。

背負った刀の柄《つか》を握り、鞘《さや》から抜いてみる。鈍い銀色の輝きを眺めていると、次第に心が落ち着いてきた。

悪魔とも近いうちに契約するつもりだが、今の武器はこれだ。

刀を掴んだまま深呼吸をしていると、ドアノブがゆっくりとまわった。

「──！」

アキは咄嗟《とっさ》に腰を浮かした。が──

「お邪魔しま〜す」

ドアの隙間から現れたのは、右目に黒い眼帯をしたスーツ姿の女だ。

姫野はアキの姿を認めると、ばつが悪そうに頭をかいた。

「アキ君、昨日は寝ちゃってごめんね〜。二日酔いで頭は痛いし、机で寝たせいで体も痛いしもう最悪なんだけど」

「……自業自得としか言いようがない」

「いつもはあれくらいで潰れることなんてないのに、もう齢《とし》かなー。ね、私、幾つだと思う？」

「興味ねえ」

姫野は軽く嘆息すると、ドアの鍵を閉めて、アキの隣に座った。

「というか、ところどころ記憶が曖昧なんだけど……私、変なこと言ってなかった？」

「色々言ってたな」

「まじ？　乱暴なことはしてないよね？」

「顔を近づけてきたから、押し返しといた」

「うわー、最悪……」

姫野は大仰に頭を抱えた後、諦めたように大きく息を吐いた。

「仕方ないから、仕事で汚名を返上しますかね」

よっこらしょ、とつぶやいて立ち上がり、肩をこきこきと鳴らしてアキの前に進み出る。

「昨日言った通り、アキ君は後ろで見ててね」

「それは覚えてるのかよ」

勿論、大人しく従うつもりなどない。

しかし、廊下が狭いため、二人揃《そろ》って大立ち回りするのは難しい状況だ。とりあえずいつでも飛び出せるように体勢は整えておく。

後は敵が来るのを待つのみ。

いつの間にか呼吸が速くなっていることに気づき、アキは胸に手を当て深く息を吸った。

姫野の口数も少ない。

やがて、外から「不審者が出没していますので、戸締りには十分気をつけましょう」というアナウンスとともに、夕焼け小焼けが流れ出した。郷愁を誘うメロディとともに、精神をカンナで削り取るような時間がじりじりと過ぎて行く。

魔人はなかなか姿を見せない。もしかして推測を誤ったのではないか。一瞬そういった疑心暗鬼に囚《とら》われそうにもなるが、姫野の佇《たたず》まいに迷いは見られない。

窓から覗く夕日が、空を黄金色に染め上げていく。

逢魔《おうま》が時――昼でも夜でもない曖昧な時間が、世界の輪郭を徐々に溶かしていった。


ピンポーン。


その明快な合図が、どこか霞《かすみ》がかったような黄昏色《たそがれいろ》の空間を、一瞬にして引き締めた。

刀の柄を摑んだ右手に力がこもり、姫野とわずかに視線が交錯する。

敵が、来た。

しかし、姫野は立ち上がろうとするアキを片手で制し、足音を殺してドアに近づいて行った。ドアスコープを覗いた後、こちらに向けて指で丸を作ってみせる。

ピンポーン、ピンポーン、ピンポーン。

魔人は焦れたように、インターホンを連打し始める。

「おい、どうする気だ」

アキは、ドアのそばに立つ姫野に小声で呼びかけた。今になって連携のやり方を打ち合わせていなかったことに気がつく。いや、新人の自分を参戦させる気は元々ないようだから、連携の確認などやりようがなかったのだが。

問題は姫野がどう動くつもりなのか、だ。

元になった人間の持ち物かわからないが、敵の武器はボウガンらしい。

ドアを開けるといきなり撃たれるのがこれまでのパターンであり、それをどのように封じるかが鍵になる訳だが――

「……え？」

アキは思わず声を漏らした。

姫野がなんの前触れも躊躇《ちゆうちよ》もなく、ドアを開けたからだ。

果たして魔人はそこにいた。

目撃情報通り、黒いフードを目深にかぶり、俯き気味で立っている。目元ははっきりしないが、歪な牙が何本も無秩序に突き出しており、肌の質感からは元になった人間の年齢は中年以上だと想定された。

そして、問題のボウガンが魔人の右手にあった。

小型で黒塗りの、鋭利な矢の先端が目の前の姫野に向けられている。

「おい、あんた何やってんだっ」

アキは、回避行動をとることもなく突っ立っている姫野に思わず叫んだ。

魔人の攻撃パターンはわかっていたはずなのに、無防備にも程がある。

アキは跳ねるようにその場を駆け出した。が――

「ぐっ」

低く響いたのは魔人の呻《うめ》き声だ。

その右腕が見えない何かに捻《ね》じりあげられたように、真上に向けられている。

結果、勢いよく発射された矢は、姫野にかすることなく天井板へと突き刺さった。

当の姫野は魔人に触れてすらおらず、右手で虚空を摑んでいるだけだ。

「え？」

予想外の光景に足を止めたアキの前で、姫野は次に自身の右腕を大きく振りかぶり、前へと勢いよく突き出した。

姫野の拳《こぶし》は魔人に届いていない。なのに、周囲には鈍い衝撃音が響き渡った。

「がぐうぅっ！」

魔人の身体《からだ》がくの字に折れ、口から吐しゃ物が噴き出る。

そのまま後方へと吹き飛び、背中からドアに激突、前のめりに倒れ込んだ。

動きを止めた魔人を見下ろしながら、アキはつぶやいた。

「今のはまさか悪魔の力、か？」

「ぴんぽーん」

姫野は得意げな顔でアキを振り返ると、右手をぐーぱーさせた。

「私は幽霊の悪魔と契約してるの。右目を食べさせたかわりに、ゴーストの右手を使えるってワケ。透明で力持ちで便利なんだよ」

「……初耳だぞ」

「あれ、言ってなかったっけ？」

「聞いてねえ」

アキは憤然とした口調で抗議した。

むやみやたらに契約している悪魔のことを話すのがいいとは思わないが、せめて共闘する相手には伝えておくべきだろう。

相変わらずバディとして認められてはいないようだ。

姫野は特に悪びれる様子もなく、うつ伏せに倒れたままの魔人に向き直った。

「まあ、片付いたからいいじゃん。これで酔って迷惑かけたぶんはチャラってことで」

「くっ」

気に食わない。だが、ここまで何一つ魔人駆除に貢献できていないのも事実である。

「どう？　そろそろ姫野先輩って呼ぶ気になった？」

「……考えといてやる」

「ふふーん」

満足げに頷《うなず》いた姫野は、とどめを刺そうと、魔人の首筋に見えない腕を伸ばした。

「……ん？」

そこで、アキはふいに眉をひそめた。

かすかな違和感を覚え、魔人を観察するが、相も変わらず床に突っ伏したままだ。

もう一度全身を眺めても、特段おかしな様子もなさそうに見える。あとはゴーストの腕とやらで、首を捻じり切れば簡単に片はつくはず。

——いや。

「伏せろっ！」

アキは反射的に姫野の後ろ襟を掴むと、そのまま引き倒した。

空気を切り裂くように飛んできた矢が、頭髪をかすめて後ろのドアに深々と刺さる。

「え？」

仰向けになった姫野は瞬きをしてすぐに上半身を起こした。

「今の、魔人が撃った？」

「ああ」

「まじ？　補充する暇はなかったよね」

「ああ」

魔人が手にしていたボウガンには当初、一本の矢がつがえてあった。ゴーストに腕を捻じりあげられたことで、矢は天井へと突き刺さった。その後、敵は新たな矢をボウガンに装填《そうてん》する余裕はなかったし、実際そういう動作もなかった。

なのに、倒れた魔人の右手のボウガンには、漆黒の矢がつがえてあったのだ。

それが違和感の正体だった。

「おおおおッ……」

うつ伏せのまま右手を前に向けていた魔人は低く呻きながら、ゆっくりと身を起こした。

頭にすっぽりかぶっていたフードが後ろにはだけ、顔面が露出している。

深く皺の刻まれた額《ひたい》。薄くなった前髪《まえがみ》の他、特徴は目にあった。まるで墨を塗ったかのように、それは真っ黒だった。

怨念を煮詰めたような黒い瘴気《しょうき》が、その目と口元から煙のごとく吐出され、魔人の両手にまとわりついた。

黒い霧が晴れると、魔人の左右の手には漆黒のボウガンが握られている。

そのどちらにも五本の矢が横並びでつがえてあった。

「あー、そういうこと……」

素早く起き上がった姫野は、アキの肩を摑んでゆっくり後ずさる。

「ちょっと、油断したかな」

「来るぞっ」

二人は真後ろのダイニングに続くドアを開け、頭から飛び込む。直前まで立っていた場所に、立て続けに鋭い矢が何本も突き刺さった。敵が持っていた武器は、元になった人間の持ち物か何かだと思っていたが、そうではなかった。

あれも含めて魔人の一部だったのだ。

だから、弾切れは期待できない。

すぐさまドアを閉め、足で押さえる。敵は向こう側からドアを殴っているようで、強い衝撃が足裏に伝わってくる。姫野が横にあった食器棚を押して移動させ、ドアの端を塞いだ。

次の瞬間、アキは手にした刀を、ドアへとまっすぐ突き刺した。

しかし、手ごたえはない。後ろに飛び下がられてしまったようだ。

直後、カカカッと釘《くぎ》を穿《うが》つように、幾つもの黒い矢尻《やじり》がこちら側に突出してきて、アキは身をひねってかわした。

次に姫野が右手を突き出し、ドアの奥に向けてファントムパンチを放つ。

攻撃がかすったらしく、短い呻きが聞こえた。だが、敵はすぐに体勢を立て直したようで、機関銃のような勢いで、無数の矢がこちら側に突進してきた。

刀を刺す。ゴーストが殴る。矢が放たれる。

ドア一枚を隔てた手に汗握る攻防が続くが、互いに相手の姿を視認できていないため命中精度は低い。

しかし、そのたびに木製のドアが悲鳴を上げ、亀裂が拡大していく。そもそもが古い建物だ。あまりもたないだろう。姫野が食器棚を更に押し込み、ドアを完全に塞いだ。

とは言え、これとて堤防としては心もとない。反対側から強い衝撃を受けるたびに皿が零《こぼ》れ落ち、床で粉々にくだける。

「あー、住人に悪いことしたな。こりゃ書類が増えるわ」

姫野は頭をぼりぼりとかいた後、アキの肩に手を乗せた。

「まあ仕方ない。とりあえずアキ君は下がってて」

「はあ？」

「ここは私がなんとかするから」

「なんとかって、どうするんだよ」

食器棚を隔てた状況では、敵に致命傷は与えられない。きっちり仕留めるには、互いの境界線を開放し、視界にとらえた上で確実に急所を突く必要がある。

しかし、問題は魔人の両手のボウガンだ。

姫野が使えるのはゴーストの右手だと言った。これでは相手の片腕は押さえられても、もう一方が自由に矢を放ててしまう。ならばいっそのことボウガンは無視して相手の首を捻じり切るなり、心臓《しんぞう》を一撃で貫くなりして一瞬で息の根を止める手もある。だが、仕留めるのに少しでも時間がかかれば両腕から矢が雨のように乱射されるだろう。この狭い空間で避ける術《すべ》はない。

勝利を得るには、共闘するしかない、と判断。

アキは激しく揺れる食器棚を左肩で押さえながら、大きく息を吸った。

「俺が奴の動きを止める。その間になんとかしろ」

「やめてよ。アキ君まだ新人なんだよ、死んじゃうよ」

いつもは飄々《ひょうひょう》としている姫野の口調に切迫感が交じる。

姫野に右肩を掴まれた。二週間前に五人目のバディを失ったばかりの指には、強い力がこもっている。アキは自身の手をその上に重ね、そして、振り払った。

「新人だろうがなんだろうが、俺はあんたのバディだ」

「……アキ君」

「行くぞっ」

ドアの脇に背をつけ、アキは食器棚を足で押した。重しが取れて半壊したドアが開く。

すぐ真横に魔人の気配。

刀で斬りかかってもいいが、わずかでも討ち損ねれば的にされる。

ここは確実に敵の両腕を押さえに行く。

冷静に。呼吸を止めて。集中して。

魔人が半歩部屋に入った瞬間、脇で息を殺していたアキは、左手を伸ばして敵の右腕を掴んだ。次に咄嗟に向けられた相手の左腕を、残った右手で押さえる。

これで両手のボウガンは封じた。

「ごがあッ！」

即座に姫野がゴーストの手で、敵の首を掴む。

魔人の武器を押さえ、急所を捉えた。

勝利を確信する。だが——次の瞬間、アキはその両目を見開いた。

「……っ！」

苦しげにぽっかりと開いた魔人の口の中に、黒く鋭い矢が顔を覗かせていたのだ。

第三の矢。

「アキ君っ！」

「構うなっ。殺《や》れっ」

この機会を逃せば、もう敵を捕らえるのは難しくなる。

直後、魔人の首が雑巾を絞るように見えない何かに握りつぶされた。

しかし、最後の抵抗とばかりに、口から発射された矢が、アキの胸の中心にストンと滑らかに突き刺さった。そのせいか、魔人の絶命の呻き声より、姫野の叫ぶ声のほうが大きく聞こえた気がする。

「アキ君……アキ君っ！」

「……大丈夫、だ。俺は、死なない」

薄れゆく意識の中で、アキは姫野に向けてそうつぶやいた。

「…………………」

目を覚ますと、後頭部と背中にざらついた畳の感触を覚えた。

「生きて、た……」

姫野が真剣な顔で真上から覗き込んでいる。

力が抜けたようにその身がへなへなと崩れ、安堵《あんど》の吐息が顔にかかる。

アキは横になったまま、周囲の様子を観察した。

割れた皿が散乱した室内。廊下には魔人の首なし死体。窓の外の黄昏は更に濃さをましている。時計を見ると、時間にして十五分ほど気を失っていたようだ。

額に手を当て、アキはゆっくりと身を起こした。

「……言っただろ。俺は死なないって」

「アキ君……確かに矢が刺さったよね？」

「ああ」

「矢が見当たらないんだけど」

「そうだと思ったよ」

怪訝《けげん》な表情を浮かべた姫野に、アキはまだ少しぼんやりした頭で説明を始めた。

「魔人の行動に違和感があったんだ」

「……？」

「三つの世帯を襲撃しておきながら、毎回生き残りがいただろ。最初は単なる気まぐれか、たまたま討ち漏らしただけだと思ったけど、今回の魔人は一日おきに現れて、一階ずつ階段を上がって、一号室から襲撃するような几帳面なルールに従ってる奴なんだよな。そんな奴が気まぐれや討ち漏らしをするとは考えにくい。だから、生存者がいたことは、魔人にとっては失敗ではなく、狙い通りの結果だったと考えたほうがいい」

「……」

「あんた言ってたよな。なんの魔人かわかればより対策が取りやすいって。それで、三つの襲撃事件の状況を改めて洗い直してみたんだ」

一件目は最初に襲われた主婦は生き残り、一緒に住んでいた家族が全員死んだ。

二件目の夫婦は先に矢を撃たれた妻は死に、次に狙われた夫は生き延びた。

三件目の一人暮らしの大学生は、襲撃されたものの死なずに済んだ。

「何か共通点があるってこと？　狙われた割に意外と生き残ったなって感じだけど」

「俺の考えはこうだ。魔人に直接矢を撃たれた奴は、気絶するだけで死にはしない。代わりにそいつが大事に思っている人間が死ぬ」

息を呑んだ姫野に、アキは目を向けた。

「今回の敵は、おそらく孤独の魔人だ」

「孤独の、魔人……」

「ああ。多分、この団地のどこかで孤独死をした男がいた。そいつに孤独の悪魔が取り憑《つ》いたんだ。だから、魔人の目的は狙った相手を殺すことじゃない。自分と同じように孤独にすることだ。生き残った奴はみんな孤独になっている」

「なんでそう言い切れるの？　一件目の主婦は確かに家族を失って孤独になったかもしれないけど、二件目の夫婦はそもそも今の話と矛盾してない？　ルールに従うなら最初に襲われた妻が生き残って、夫が死んでなければならないんじゃないの」

「それは、妻が夫を大事に思っていた場合だろ」

「……」

「最初に襲われた妻は、その時は気を失っただけだったんだ。妻は職場で不倫をしていて、夫への愛情はなかった。だから妻が撃たれても、夫は死ななかった。一方、夫のほうは妻を大事に思っていたから、二番目に夫が矢で撃たれた時に初めて妻が死んだんだ」

「ちょ、ちょっと待って。どうして妻が職場不倫してたなんて知ってんの」

「あんたが二日酔いで倒れている間に、調べたんだよ。ちょうど妻が矢で撃たれた時間帯に、彼女の上司が不審死を遂げている。胸に矢が突き刺さってたそうだ」

「……じゃあ、三件目も」

「事情聴取の最後に電話がかかってきて、随分取り乱した様子だっただろ。あんたが酒でダウンしている間に確認したら、実家の母親が同じように死んでいたそうだ。あの大学生は母子家庭だったらしい」

あの時の電話は、母親の死体を発見した近所の人からのものだったようだ。

姫野は左眼を二、三度瞬きした。

「つまり……矢を撃たれた本人は死なないことがわかっていたから、アキ君はあんな風に捨て身の行動に出れたってワケ？」

「まあな」

とは言え、撃たれるとしばらく気を失ってしまうので積極的に捨て身になりたい訳ではなかった。しかし、いざとなれば飛び出す覚悟は最初から持っていた。

「そんなこと全然説明してくれなかったじゃん」

「依頼内容すらろくに説明しなかったのはそっちだろ。お互い様だ」

「そうだけどさー……」

不満げに頰を膨らませた姫野に、アキはこう言った。

「どうだ。俺は使えない雑魚か？」

「……」

姫野はアキをまっすぐに見つめた後、ふと思い出したように声を上げる。

「って、いやいや、駄目じゃん。思わず感心しかけたけど、撃たれると自分は死ななくても、大事に思ってる相手が死ぬんだよね。じゃあ、余計撃たれちゃ駄目じゃん」

「いいんだよ」

「よくないよっ。アキ君、家族は大丈夫？　恋人は？」

早口になる姫野から目を逸《そ》らし、アキは立ち上がってスーツの埃《ほこり》を落とした。

太陽が西の空で血のように赤く燃え、疼《うず》くような熱と、郷愁を誘う煌《きら》めきを世界に放っている。

しかし、太陽と同じ名前の弟は、既に永久凍土のような冷たい地の底に沈んでいる。

弟に明日はない。朝も来ない。地平に姿を現すこともない。

太陽と似ているのは、幾ら手を伸ばしても決して届かないところだろう。

西日の中でゆらゆらと舞う大量の埃が、束《つか》の間《ま》、故郷に降る雪のように思えた。

「俺には大事な奴なんて、もういないんだよ」

＋＋＋

事件が片付き、二人は部屋の前で後処理班の到着を待つことにした。

四階の手すりにもたれかかってぼんやり街を見下ろすアキの横で、姫野が煙草に火をつけた。

「アキ君は吸わないの？」

寒風が前髪をはためかせる。遠くの空には飛行船が浮かんでいた。

視線を前に向けたまま、アキは答える。

「骨が腐るから吸わない」

「付き合いがあるから吸えた方がいいよ？」

「誰とも馴れあう気はない」

後ろで姫野の小さな溜め息が聞こえた。

「なんで公安に来たのか当てたげる。銃の悪魔を殺すためでしょ？」

アキは顔を上げ、姫野を振り返る。

「公安に来る暗めの人は全員そうだから。公安だけが銃野郎の肉片持つこと許されてるもんね」

姫野の言う通りだった。全ては家族を奪った銃の悪魔を殺すため。そのためにはあらゆるものを犠牲にする覚悟はある。どうせ失うものなどないのだ。

アキの重たい決意を知ってか知らずか、姫野は軽い調子で続けた。

「デビルハンターなんて短命なんだから吸っちゃえばいいのに」

「俺は簡単には死なない」

「そうしてね」

姫野はアキの隣に背をつけ、かすかに微笑《ほほえ》んで言った。

「バディが死ぬのは面倒だからさ……」

「……」

風が強く吹いている。それでも今確かに、バディと聞こえた。

姫野が吐き出した煙草の煙が、冬の大気と混じり合って、冷たい刺激を鼻腔《びこう》に届ける。

ニコチンとタールを含んだほのかな苦味は、いつの間にかそれほど不快なものには感じられなくなっていた。

＋＋＋

「姫野先輩……」

北海道の旅館で、降り続ける雪を眺めながら、アキはかつてのバディの名をつぶやいて、目を閉じた。

デビルハンターとしての始まりの記憶。

それほど昔のことでもないのに、随分前の出来事のような気もする。それはきっとあの頃から多くのものが変わってしまったからだろう。

バディを先輩と呼べるようになったし、敬語も使えるようになった。
共に何体もの悪魔を葬ってきたし、何人もの同僚の死を見送ってきた。
そして、そのバディも亡くなってしまった。
だが、変わったのは環境だけじゃない。おそらくもっとも変わったのは――
「……」
アキは無言で室内へと視線を移した。
のんきな顔で高いびきを響かせるデンジとパワーをじっと眺める。
「……姫野先輩。今の俺は……もう孤独の魔人の前に飛び出せないかもしれません」
銃の悪魔を殺すためなら、全てを捨てる覚悟があった。
あらゆる犠牲を厭《いと》わない決意があった。
大事なものなどなかったはずだった。
なのに、今、二人を失うことを恐れている自分がいる。
家族を亡くした自分に、また守りたいものができるなんて思っていなかった。
幸せを願う相手ができるなんて思っていなかった。
その時、パワーの下敷きになっているデンジが動く気配があった。
のそりと布団から這い出してきて一言。
「な～に浸っちゃってんの」

「うるせえ」

デンジが向かいに座り、窓の外に顔を向ける。

「雪で景色も糞《くそ》もねえな」

アキは少し黙った後、目の前に置いた缶ビールをおもむろに口に運んだ。

「毎年墓行くとヤな事ばっか思い出すから憂鬱だったんだ。でも、今回はお前等がうるさくて浸る暇もなかったよ」

デンジがきょとんとした顔で応じる。

「どういたしまして……？」

吹雪《ふぶき》の奥、闇空の下辺が、かすかに明るくなっている。

雪に閉ざされた故郷の大地に、朝が来ようとしていた。

［第4話］夢の江《え》の島《しま》

んがぁ、と鳴り響いた自身のいびきで、デンジは薄目を開けた。

視界はうっすらと白みがかっており、幾つもの光の粒子が踊るように瞬いている。

それが降り注ぐ明るい陽射《ひざ》しのせいだと気づくのに、少し時間がかかった。

すぐ横に大きな窓ガラスがあり、民家と思《おぼ》しき建物が現れては過ぎ去っていく。

カタンカタンと軽快に耳をくすぐるリズムは、車輪がレールを刻む音。

シートから伝わる緩やかな振動に、まるで眠りの中にいるような心地よさを覚える。

「なんで、電車に乗ってんだ……?」

生あくびをしながら言うと、二本の角を頭に生やした女が横から覗《のぞ》き込んできた。

「なんじゃ、寝ぼけておるのか。デンジ」

「パワー……」

斜め向かいに座る黒髪《くろかみ》の男が、若干不機嫌な調子で言った。

「だから、昨日は早く寝ろって言っただろ」

「アキ」

そして、目の前には紺色のワンピースを着た、絵に描いたような美人がいた。

「きっと旅行が楽しみで眠れなかったんだよね、デンジ君」

「マキマさんっ」

デンジは思わず腰《こし》を浮かして言った。

「あっ、そうだ。江《え》の島《しま》っ……」

ようやく思い出した。この日、かねてからの約束通り、早川《はやかわ》家の三人とマキマで江の島旅行に行くことになったのだ。

「デンジ君。いいところで起きたね」

マキマが笑って言う通り、電車はちょうど住宅街を抜けるところで、窓一面に紺碧《こんぺき》の海が広がった。降り注ぐ陽光が海面できらきらと輝き、白波が長く尾を引いている。

数羽の海鳥が高く鳴きながら、雄大に空を舞っていた。

「うおおっ、海だ」

「海じゃあっ」

デンジとパワーは勢いよく立ち上がって叫んだ。

「お前ら、うるさいぞ。公共の場だ」

向かい合った席に座るアキが、眉間《みけん》に皺《しわ》を寄せてたしなめてくる。

デンジはパワーと顔を見合わせて、横柄に腕《うで》を組んだ。

「かてーこと言うなよ。こんな時くれえはしゃいでもいいじゃねーか」

「チョンマゲは小言が多すぎるんじゃあ」

「多少は周りの迷惑をだな――」

「まあ、少しくらいいいじゃない、早川君。今日はせっかくのお休みなんだし」

マキマが穏やかな声で言った。

少し開けた窓から吹き込む海風が、その前髪を軽やかに揺らしている。

「マ、マキマさんがそう言うなら……」

アキが恐縮した様子で答えると、デンジは満足げに背もたれに寄りかかった。

「それにしても、マキマさんと旅行できるなんて夢みてえだなぁ」

「みんな頑張ってくれてるからね。長い休みはとれないから、近場になっちゃうけど」

マキマの言葉に、デンジは顔の前でぶんぶんと手を振る。

「んなことないです。江の島最高っスよ～」

「江の島が何かわかって言ってるのか、デンジ」

アキの小馬鹿にしたような口調に、デンジは鼻を鳴らして答えた。

「そりゃぁ、江の島つったら島だろ」

「うん、確かに島なんだけど、ちょっと特殊な島なんだ」

マキマは小さく頷《うなず》いて、右手の親指と人差し指で丸を作って見せた。

「普通の島は、こんな風に海の上にぽつんと浮いてるでしょ」

続いて、左手の人差し指を、右手で作った丸の下に当てる。

「でも、江の島は陸繋島《りくけいとう》って言って、陸地との間に溜《た》まった砂が橋のようになって、島と陸地を繋《つな》いでるんだ」

「ふーん……」

正直、わかったようなわからないような感じだが、デンジは腕を組んだままそれらしく首を縦に振った。マキマは薄く微笑《ほほえ》んで両手を下ろす。

「ほら、島って周り全部を海に囲まれていて、なんだか孤独じゃない。でも、江の島は陸と繋がってるから寂しくないってことだよ」

「そう、ですね」

デンジは腕をほどいて顔を上げた。

江の島は、寂しくない島。今度は少しわかった気がする。

「ほら、江の島が見えるよ」

マキマのほっそりした指先が、窓の外に向けられた。

水平線上に、真っ白な入道雲を背景にして、緑の島が横たわっている。

「へ～、意外と小せえんだなァ」

素直な感想を口にすると、隣のパワーが得意げな顔で覗き込んできた。

「デンジ、実はあの島にはワシの別荘があるんじゃ」

「あ、そう……」

適当な相槌《あいづち》で返すと、不機嫌な声で返答があった。

「なんじゃその気のない返事は。まさか嘘《うそ》だと思っておる訳じゃあるまいな」

「ああ、思ってるぜ」

「見損なったぞ、デンジ。それでもワシのバディか。本当じゃ、本当なんじゃあ」

「も～、うるせえなぁ。じゃあ、その別荘はどこにあんだよ」

仕方ないので構うと、パワーはデンジに寄り掛かるようにして、窓の外を指さした。

「ほら、あれじゃ。島の真ん中くらいに天を衝《つ》くような豪邸があるじゃろう」

確かに、巨大なろうそくのような建造物が、遠目からでも確認できる。

「あれこそがワシの別荘じゃ、デンジ」

「あれは江の島の展望灯台だ、パワー」

向かいのアキがご丁寧に訂正すると、パワーは何食わぬ顔でデンジの肩《かた》を叩《たた》いた。

「そう、あれが江の島の灯台じゃ。知っておったか、デンジ」

「知らねえよっ」

「キミ達《たち》、面白いね。家ではいつもそんな感じなの？」

マキマが頬杖《ほおづえ》をついて、興味深そうに尋ねてくる。

デンジはぼりぼりと頭をかいた。

「まあ、大体こんな感じっスね」

いつもの面子《めんつ》によるいつものやり取り。しかし、今日のような非日常の場においては、それもなんだか新鮮に感じられた。


やがて、電車はゆっくりと速度を落とし、江ノ島駅に到着した。

「ホテルに荷物を置いてから遊びに行こっか」

マキマの提案で、一行は駅舎を出て宿泊場所に向かう。海岸近くのホテルに荷物を預けた後、デンジは駆け足で前を歩くマキマの横に並んだ。

「マキマさん、これからどうするんです?」

「そうだね。デンジ君は何したい?」

「俺ぁマキマさんと一緒ならなんでもいいです」

「お前、ちょっとは考えろよ」

後ろでアキが毒づいた。

「マキマさん、せっかく江の島に来たんですから、島の観光はするべきだと思うんですが」

「ワシは海じゃっ。泳ぎたいぞっ」

アキがガイドブックを片手に提案し、パワーは勢いよく手を挙げる。

マキマは形の良い顎《あご》に人差し指を当て、小さく頷いた。

「うん。じゃあ、まずは江の島観光。その後に海水浴にしよっか。それで夕方になったら、ホテルでくつろぐの。そして……」

「そして……？」

「後のお楽しみ」

デンジが言葉を継いだが、マキマはそれだけ答えて、足を進めた。

何が楽しみなのかデンジは少しだけ気になったが、マキマの隣を歩いているとすぐにどうでもよくなった。

「この江の島弁天橋《べんてんばし》を渡ると、江の島なんだよ」

マキマが指さした先には、砂州《さす》の上に築かれた橋がある。

目的の江の島は目と鼻の先だ。さっきよりもだいぶ大きく見える。

真夏の太陽の下、デンジと隣を歩くマキマの影が、石畳に濃く刻まれていた。陽射しは強いが、海風は涼やかだ。寄せては返す波の音は、海が呼吸をしているようだった。

「ここが江の島かぁ」

夢にまで見た江の島に、デンジは感慨深げに足を踏み入れる。

趣《おもむき》のある青銅の鳥居をくぐると、両脇に土産《みやげ》物屋や食事処《しょくじどころ》がびっしりと軒を連ねていた。

「チョンマゲ、飯じゃっ。何か食わせろ」

後ろを歩くパワーが、鼻をくんくんとひくつかせて隣のアキに言った。

「はあ？　駅弁食っただろ」

「は？　食ってないが」

「……」

アキは肩をすくめて、一軒の店に向かった。

戻ってきた時には、右手にソフトクリームを持っている。

「ほら、せっかくの旅行だからおごってやるよ」

差し出されたソフトクリームを、パワーは上機嫌で受け取った。

「ガハハッ、よい心がけじゃ……って、なんで魚が載っておるんじゃあ」

よく見ると、黒みがかったアイス部分に、白い小魚がふんだんにふりかけられている。

「ここの名物だ。ありがたく食え」

「むふぅ……海の味がするぅ……」

恐る恐る口に入れたパワーが、渋い表情で感想をこぼした。

「パワー、俺にもくれよ」

デンジはパワーの手からソフトクリームを取り上げ、頭からかぶりついた。

「ん、うめえじゃんっ」

「うまいか？　ワシにはアイスに魚をかける意味がわからん」

「なんで？　アイスも魚も、いっぺんに食べられて得じゃん」

「お前、飯に関しては本当前向きだよな」

アキが呆《あき》れたように言って、デンジからソフトクリームを受け取る。

一口頬張って、しばし目を閉じた。

「……なんだ、結構いけるな。アイスの甘さと、しらすの塩味が思ったより合う。崩れるソフトの感触と、小魚の弾力を同時に味わえるのもいいな」

「普通にうまいでいいじゃねえか。面倒臭《くせ》え奴《やつ》」

「チョンマゲは面倒なんじゃあ」

「なんで感想言っただけで、そんな文句言われなきゃならないんだ」

アキが不満げに答えると、少し先に立つマキマがくすりと笑った。

「早川家は仲良いんだね」

デンジとパワーとアキの三人は、お互いに顔を見合わせる。

アキは首筋をかきながら、嘆息して言った。

「別に仲良くはないですよ。反抗期のクソガキ二人の面倒を見ている保護者の気分です」

「はあ〜、何言ってんだ？」

「むしろ、ワシらの面倒を見させてやってるんじゃあ。光栄に思え」

「恩着せがましいなっ」

「早川君はなんだか二人のお母さんって感じだよね」

「お母、さん……？」

マキマの一言に、アキは呆然《ぼうぜん》と立ちすくむ。デンジとパワーは腹を押さえて笑った。

「ぎゃはは、お母さんだってよ、アキ」

「チョンマゲママじゃあ」

「うるせえっ、黙れ。海に沈めるぞ」

早川家の母が怒り、反抗期の子供達が逃げ出す。

騒ぎがようやく一段落して、一行は仲見世《なかみせ》通《どお》りを更に奥へと進んだ。

繁華街を抜けると、今度は階段の上に朱色の鳥居が見えた。

「この先が江島神社《えのしまじんじゃ》だね」

マキマの先導で参道に足を踏み入れる。

神社には三つの社殿があり、道に沿って順番に配置されているらしい。アキがガイドブックに目を落としながら、そんな説明をした。他にも由来がどうこうとうんちくを垂れているが、デンジの頭には入ってこない。

ただ、奥に行くほど海が大きく視界に広がり、気分は上々だった。

三つ目の社殿の前で、マキマが振り返った。

「デンジ君とパワーちゃんは、神社に参拝したことある？」

デンジとパワーは首を横に振る。

「俺ぁないっス」

「むしろ、ワシが神みたいなもんじゃからのう」

「こうやるんだよ」

微笑を浮かべたマキマは、財布から五円玉を取り出すと、賽銭箱《さいせんばこ》に投げ入れた。二度頭を下げ、二度拍手をする。目を閉じたまま手を合わせ、もう一度頭を下げる。

「こんな風にして、神様にお願い事をするんだ」

「ガハハ、くだらんの。願いは自らの力で叶《かな》えるもんじゃあ」

パワーはそう言いながらも、わくわくした顔でずいと前に躍り出た。アキから受け取った硬貨をオーバースローで賽銭箱に叩き込み、派手な動作で柏手《かしわで》を打つ。

「ワシにノーベル賞をくれ。あと全ての人間が滅びますように。あとマキマとかいう鬼がこの世からいなくなりますように」

「パワーちゃん、お願い事が口に出てるよ」

「くだらねえとか言ってたくせに、めちゃくちゃ願ってんじゃねえか」

マキマとデンジが突っ込むと、パワーはびくんと体を震わせて恐る恐る振り返った。

「ち、違うんじゃあ。最後のはデンジが言ったんじゃあ」

「なんで俺なんだよっ」

「うん、今日は聞こえていないことにしてあげるよ。楽しい旅行中だからね」

パワーがほっと息を吐《つ》いた後ろで、アキが咳払《せきばら》いをした。

「じゃあ、次は俺が」

静かな動作で参拝を終えたアキに、デンジは呼びかける。

「おい、アキ。お前、何を願ったんだよ」

「言わねえよ」

「やっぱあれか、復讐《ふくしゅう》的なやつ？」

「……パワーじゃないが、それは神頼みするようなことじゃない。自力で果たすことだ」

「じゃあ、何願ったんだよ」

「だから、別に言う必要ないだろ」

デンジはパワーと顔を近づけて、ひそひそと言葉を交わした。

「なんか怪しいぜ、こいつ。エロいこと願ったんじゃねえの」

「そうじゃ。チョンマゲはむっつりじゃからのう」

「ああもう、うるせえ」

アキは声を荒らげると、目を伏せて小声で答えた。

「お前らの幸福を願っといてやったんだよ」

「……」

「……」

デンジとパワーはもう一度目を合わせる。そして、同時に吹き出した。

「ぎゃははははっ、真面目《まじめ》か」

「ウヌは面白くない奴じゃあ」

「くそっ、願うんじゃなかった」

「やっぱり早川君はお母さんだね」

「違うんです、マキマさんっ」

ひとしきり騒いだ後、マキマがデンジの背を軽く押して促した。

「はい、最後はデンジ君の番だよ」

「俺、ですかあ」

デンジはおもむろに賽銭箱の前に立ち、見よう見まねで手を合わせた。

しかし、目を閉じてみて、はたと気づく。

一体、何を願えばいいのだろうか。

まずもって浮かんだのはポチタのことだが、マキマの話によると、デンジの中で生きているらしい。だから、それ以上を願うべきではない気もする。

長い間、切望していた普通の生活はある程度叶ってしまっているし、夢だったマキマとの江の島旅行にもこうして来ることができた。

実は毎朝ステーキを食べたい。本当は駄目だけど、叶うならたくさんの彼女が欲しい。

色々な欲望はあるが、果たして全部願ってもいいものだろうか。なんとなくだが、ある程度絞らないと叶わないような気もする。

デンジは薄目を開けて振り返った。陽射しと海風を受けて佇《たたず》むマキマが、小首を傾《かし》げてデンジを見ている。

可愛《かわい》い。

──やっぱ、マキマさんだな。

デンジは両肘《りょうひじ》を左右に張り、更に力強く手を合わせた。

──マキマさんと、また旅行に来れますように。

いや、せっかくの神頼みなのだ。そんな控え目な内容でどうする。

──マキマさんと、付き合えますように。

いや、もっとだ。願うだけなら、自由なのだから。

──マキマさんと、セッ……一つになれますように──

一応、神が相手とあって、少しだけ丁寧な言葉遣いを心がける。

公安に入った頃、アキに散々言葉を注意されたが、多少は成長したようであった。

「……」

しかし、そこまで願った後も、デンジはしばらく手を合わせたままの姿勢でいた。

なんとなく何かを忘れているような気がしたのだ。他にもっと大事なことがあったような。ただ、結局思い出すことはできず、デンジは参拝を終えることにした。

「デンジ君は何をお願いしたの」

神社から引き返す道で、隣のマキマが顔を覗き込んできた。

「別に、そんな大したことじゃない、っス」

「ふーん……」

切れ長の瞳が、じいっとデンジを見つめてくる。

「……な、なんです？」

「エッチなこと？」

「ち、違いますって」

勢いよく目を逸《そ》らしたデンジだが、ふと気になって再びマキマに顔を向けた。

「そういえば、マキマさんは何をお願いしたんです？」

「私？　私は今夜晴れますようにって」

「……？」

首をひねるデンジに妖艶な微笑を向け、マキマは軽やかな足取りで階段を下りていった。

「じゃあ、次は海水浴だね」

「海じゃあっ、泳ぐぞっ」

青空に豪快に両腕を突き出したパワーの宣言で、江の島観光の第二章が幕を開ける。

一同がやってきたのは、江の島弁天橋の袂《たもと》に広がるビーチだった。

陽射しにじっくりとあぶられた砂が、足裏に夏の熱気を伝える。レンタルしたパラソルの下、海パン姿のデンジとアキは横並びであぐらをかいて座っていた。

「いやぁ、マキマさんの水着、超楽しみだな〜。どんなんかなぁ」

デンジは胸の高鳴りを覚えながら、太陽を眩《まぶ》しそうに仰ぎ見た。

女性陣はまだ脱衣所から姿を現していない。

アキはしばし沈黙した後、淡々とした調子で答える。

「俺が知る訳ないだろ」

「わかってっけど、それを考えるのが楽しいんじゃねえか。やっぱあれか、ビキニってやつ？　色は多分、黒だぜ」

ブラックスーツを颯爽《さっそう》と着こなしているイメージが強いので、色に関しては自然とそういう発想に至る。

「上司の水着を勝手に想像するな」

「はあ〜？　別に想像くれえいいじゃねえか。つまんねえ奴」

デンジがふてくされて砂の上に横になると、アキは一度大きな溜《た》め息《いき》をつき、座ったままぼそっとつぶやいた。

「……色は黒じゃない。マキマさんは白だ」

「はっ」

デンジは首を回して、アキと目を合わせる。一緒に住み始めた頃は、口うるさくていけすかない奴だと思っていたが、付き合ってみると悪い奴じゃないことはわかった。

「……」

水平線に目を向けたアキが、おもむろに口を開いた。

「なあ、デンジ」

「ああ？」

「お前、最初の頃はただの安いチンピラみたいだったけど、少しは人の言うことを聞けるようになったよ」

「……急にどうしたんだよ」

「いや、そう思っただけだ」

「そうかよ」

「これからもちゃんと人の話は聞けよ。あと敬語はもうちょっと覚えろ」

「……へえへえ、できたらな」

本当に保護者みたいだ。と言っても、普通の保護者のことはよくわからないが。

アキは視線をデンジに移し、どこか穏やかな表情でこう続けた。

「できるよ。お前なら」

「……どういたしまして？」

急な励ましの言葉に寝ころんだまま眉《まゆ》をひそめると、後ろから呼びかけられた。

「二人ともお待たせ」

「きたっ」

マキマの声に飛び起きたデンジは、しかし、砂浜にがっくりと膝《ひざ》をつく。

「え〜、マキマさん水着じゃねえのかよおお」

つばの広い麦わら帽子に、海に溶け込むような濃紺のワンピース。

マキマの装いは特段変わっていない。

変化と言えば、右手に文庫本を持っていることくらいだ。

「うん。泳ぐつもりじゃなかったから、水着は持って来てなかったんだ。浜で読む本を取りに行ってたんだけど」

「え〜……」

思わず落胆の声をあげると、マキマの後ろからもう一人の声が聞こえた。

「おうおう、パワー様のお出ましじゃあっ」

「黒ビキニ……」

パワーは上下に分かれた黒い水着を着ている。

腰に手を当て、胸を大きくそらし、パワーは得意げに笑った。

「ガハハハッ、どうじゃ、眼福《がんぷく》じゃろう。ワシに一生感謝するんじゃあ」

「……片方、落ちてんぞ」

デンジは無表情でパワーの足元を指さした。

そこには、以前胸を揉《も》んだ時に見かけた、胸パットなるものが転がっている。

「なんでじゃあ」

サイズの異なる胸を押さえたパワーの声が、砂浜に空しく響き渡った。


その後、デンジとパワーは二人乗りのゴムボートを借りて、海へと漕《こ》ぎ出した。

小さなパドルで波をかき分け、紺碧の水面《みなも》をゆったり進んでいく。

「ガハハハ。行けっ、漕げっ、進めっ、デンジ」

上機嫌に高笑いをするパワーの後ろで、デンジはパドルをおざなりに動かしながら、浅く溜め息をついた。

「はあ～、マキマさんの水着姿見たかったなあああ」

「まだ言っておるのか。まったく、あのくそ女のどこがいいんじゃ」

「そりゃあ――」

ムキになって答えようとして、言葉が詰まる。

「……どこだろ」

「そんなことよりな、デンジ」

前に座っているパワーが、ふいに振り向いて神妙な顔つきで言った。

「ワシは今、天才的なことを思いついたぞ」

「……なんだよ？」

「このまま逃げるんじゃ」

「はあ？」

「ワシらは海の上。一方のマキマは陸におる」

パワーは浜辺をまっすぐ指さした。

わずかに傾いたパラソルの陰の中で、マキマは文庫本に目を落としている。

「マキマはワシらの動きには気づいておらん。このまま海を漂うふりをして、外国まで行くんじゃ。さすがのマキマも海の上までは追ってこれまい」

「……普通に追ってこれるんじゃねえの？」

「忘れたか、デンジ。マキマは水着を持って来ておらんのじゃぞ」

「あ……！」

「天才じゃ。天才の発想じゃっ。これで晴れて自由の身じゃあ」

パワーはゴムボートの上で勢いよく立ち上がった。

ボートが左右にぐらぐらと揺れ、デンジは咄嗟《とっさ》に縁《ふち》に手をかける。

「おい、落ちんぞ」

「さあ漕げ、デンジっ。外国はすぐそこじゃっ」

「すぐそこって、どれくらいだよ」

「……さあ？　五百メートル？」

「さすがにそれはねえだろ。多分」

「じゃあ、六百メートル？」

「本当に大丈夫か、それ合ってんのか？」

「大丈夫じゃあっ。ワシは産まれてこのかた嘘をついたことがない」

「それがもう嘘じゃん」

　パワーが嘘つきなのは、会った時から変わっていない。バディを組んだばかりの頃は、絶対仲良くなれないと思ったが、一緒に生活をしてからは妙にウマが合った。

　ちゃぷちゃぷと揺れる海の音を聞きながら、デンジはボートに仰向けに寝そべった。

「逃げるなんてどうせ無理だぜ。それに俺、今結構楽しいし」

「……」

　すると、立ち上がったままのパワーが、なぜか無言で見下ろしてくる。

「……ん？　どうした、パワ……ぐえっ」

　パワーは突然腹の上に座ってきて、両手でデンジの頬を挟んだ。

「ってぇ、何すんだ」

「アホ！　アホアホアホ!!　アホー！　簡単に諦めてどうするっ」

「んなこと言ってもよぉ」

「ウヌがそんな弱腰なら、ワシは一人で逃げるぞ。外国に行ってしまうぞ」

「あのなぁ、パワー」

「ウヌはここに残るがいい。もう行きたいと言っても、連れて行ってやらん」

「だから、何を言って」

「じゃがのお、デンジ。もしワシが恋しくなったら、見つけに来い。ワシはウヌを待っておるからの」

「……」

頬をむぎゅうと挟まれたまま、デンジは静かに頷いた。

「……ああ、わかったよ」

海を渡る風が、濡《ぬ》れた肌を柔らかく撫《な》でていく。

パワーは穏やかに笑って、自身の額《ひたい》をデンジの額にこつんと当てた。

「デンジ。心配するな。ウヌならできる。なんせワシのバディじゃからのお」

「……パワー？」

まただ。

神社に参った時、そして、さっきアキと会話をしている時にも覚えた妙な違和感。

何か、とても大事なことを忘れている気がする。

だが、デンジにはそれがなんなのかわからなかった。

摑《つか》めそうで、摑めない。いや、摑んでいたのに、離れていくような――

「漂流したいなら逃げてみろ。その貧弱なゴムボートでな」

いつの間にか、アキがすぐそばまで泳いで来ていた。

「なあ、お前ら……」

しかし、デンジの呼びかけは、二人に届いていないようだった。

顔を上げたパワーが、海水をすくいあげ、アキにばしゃばしゃとかけ始めたからだ。

「追手じゃあ、デンジ。撃退するぞっ」

「ちょ、おい、やめろっ」

塩水を正面から浴びたアキが、片手で目をこすった。

「ガハハハ、チョンマゲが泣いておる。勝利じゃあ」

「馬鹿っ、海水が目に入ったんだよ。泣いてねえ」

「……」

目元を押さえるアキを、ボートに横たわったままデンジは黙って見つめた。

かつてアキのバディだった姫野《ひめの》が死んだ時、アキが病室で泣いていたことをふと思い出したのだ。

その時、デンジは思った。俺は全っ然、泣けねえんだけど——と。

心臓《しんぞう》だけじゃなく、人の心までなくなったのではないかと考えたこともあった。

今はどうだろうか。

海水を必死の形相ですくいあげるパワーに、デンジは目を移す。

もしもパワーが死んだら、泣けるだろうか。

次に、パワーに全力で応戦するアキに、視線を向ける。

アキが死んだら、泣けるだろうか。

ゴムボートの上で体をゆっくり起こしたデンジは、最後に浜辺の方角を見やった。

パラソルの下、本から顔を上げたマキマが、こちらを見て小さく手を振った。

マキマさんが死んだら、泣け——

「ぶはっ」

突然、頭から海水を浴びせられ、デンジは思わず大声を上げた。

両手で顔をこすると、パワーとアキがにやついた表情で見ている。

「何をさぼっておるんじゃ、デンジ。ウヌも戦え」

「デンジ、お前だけ安全だと思うなよ」

「テメエらっ」

デンジはゴムボートから飛び降りて、水かけバトルに参戦した。

二人の言動に覚える違和感と、誰かが死んで泣けるのかという疑問。

なんとなく気にはなったが、楽しい旅行中に、楽しくないことを考えても楽しくない。

夏空に響き渡る嬌声《きょうせい》と、江の島の雄大な波の音に、デンジの小さな懸念はかき消されていった。

＋＋＋

「――デンジ君、もしかして泣いてる？」

「泣いてねえっス」

海水浴を終え、ホテルに戻ったデンジは、両目をこすってマキマの問いに答えた。

右手に持つのは一枚のトランプ。そこにはジョーカーという単語と、間抜けなピエロの絵がでかでかと描かれている。

部屋で少しくつろいだ後、一行が臨んだのは、ババ抜きだった。

「くそぉ……なんで俺ばっかり」

一人、九連敗を喫したデンジは、肩を落としてジョーカーをトランプの山に戻した。

泣いてはいない――と思うが、あまりの負けっぷりに泣けてくるのは確かだ。

「デンジ、お前、本当に弱いな」

「ガハハ、ウヌはわかりやすすぎるんじゃ」

「うるせえ」

アキは憐《あわ》れみの目を向けてくるし、パワーは見下した表情を浮かべている。

マキマが部屋の壁掛け時計を見ながら言った。

「そろそろ終わりにしよっか」

「え～、ちょっと待って下さいよお。このままじゃ俺だけ負けっぱじゃないっスか。もうちょっとやりましょうよ、マキマさん」

「うーん、でも、そろそろ時間なんだよね」

時間？　なんの時間だろう。

デンジは両手をこすり合わせて、マキマに懇願する。

「お願いしますっ。もう一回だけ。もう一回だけでいいんで」

始めた時はトランプの勝敗などどうでもいいと思っていたが、アキとパワーに馬鹿にされたままではさすがに気分が悪い。海では珍しく小さなことが色々と気になったが、今、最も気にかかるのは九連敗という不甲斐《ふがい》ない戦績だ。

「……わかった。じゃあ、もう一回だけね」

「おっしゃ」

汚名返上のラストチャンスに、デンジは自身の頬を張って気合いを入れた。

そして——

「はい、上がり」

「早っ」

マキマがあっさりと最初の勝者になった。

「マキマさん強すぎっスよォ……」

「うん、私はババ抜きで負けたことがないからね」

嘘か真《まこと》かわからないが、本当だとしても驚かないほどの強者《つわもの》ぶりである。

繰り返しババ抜きに興じたことで、さすがのデンジにもようやくこのゲームのポイントがわかってきた。自分がババを引かずに、相手にババを引かせれば勝つ。そのためには気配を読むことが重要なのだ。しかし、マキマは全く表情に変化がないため、まるで反応が読めず、その勝利については納得するしかない。

むしろ、本当の戦いはこれからだ。

残された早川家の三人での攻防が進み、いよいよ手持ちのカードも少なくなった。

「デンジ、お前が引く番だ」

アキが、二枚のカードを顔の前に掲げた。

「……」

デンジはごくりと喉《のど》を鳴らして、向かって右側のカードに指をかける。

反応は、ない。

マキマほどではないが、アキも表情を消すのがうまい。なんとなくジョーカーはアキが持っている気がするが、これでは右か左か全く判断がつかない。

次に、デンジは向かって左側のカードを摘《つま》んだ。

「……っ」

アキがかすかに眉をひそめた――気がした。

ほんの一瞬だが、それは確かに何かを怖《おそ》れた表情に見えた。

「くくく、アキよぉ、ちっと油断したんじゃねえの」

カードに指をかけたまま言うと、アキの顔がますます曇った。

「待て、デンジっ」

「待たねえよ」

デンジは摘んだカードを、勢いよく引き抜いた。

「よっしゃあ。俺の勝ちぃっ」

得意満面で、デンジは勝負の一枚を自分の側へと裏返す。

思い切りジョーカーだった。

「は……？」

　驚きとともに、がっくり肩を落とすと、アキは笑いを堪《こら》えるように口に手を当てた。

「デンジ。お前、本当に弱いな」

「だ……騙《だま》したなっ」

「勝負事だぞ。騙されるほうが悪いんだ」

「ちっくしょう……まだ、負けた訳じゃねえからな」

　アキがそのまま上がり、最後はパワーとデンジの一騎打ちである。

　デンジのカードは今のジョーカーを入れた二枚。一方のパワーはラスト一枚。

　ジョーカーが手元に残れば、デンジの負けが決定する。

「ガハハ、どうせワシが勝つがの。なんせワシはババ抜きの世界大会で優勝したことがあるからのお」

「くそぉ、調子ン乗りやがって。ぜってえ勝つかんな」

　パワーはデンジを揺さぶるように、右手を左右に振っている。

　正直、マキマやアキと比べると、パワーのほうこそ反応もわかりやすく、力量としては明らかにデンジ側である。だから、これまでの戦績の差は、完全に偶然と運によるものだとデンジは思っている。

　しかし、それ故に負けられないのだ。

「……何をやっておるんじゃ、デンジ」

相対するパワーが、怪訝《けげん》な口調で言った。

「どうだ、読めるもんなら読んでみやがれ」

そう強気で答えるデンジの両目は、固く閉じられている。

ジョーカーが引かれそうになると、自然と笑みがこぼれる。ジョーカーが残りそうになると無意識に眉の端が下がる。今まではそういった表情を読まれていたことに気づいた。

だったら、カードを見なければいい。これぞ負けないための秘策である。

俺って意外と頭いいじゃん……！　と、デンジは思った。

「……」

しばらくの沈黙の後、パワーは片方のカードを引き抜いた。

デンジは恐る恐る薄目を開け、手の中に残った最後の一枚を確認する。

ジョーカーだった。

「なんでだよぉっ」

カードを握りしめて、おおげさに畳を叩く。

「くそぉっ、次こそいけると思ったのに」

「デンジ君、なんで負けたか教えてあげよっか」

縁側の椅子《いす》に腰を下ろしたマキマが、どこか楽しそうに言った。

「なんでです……？　運ですか」

「ううん、パワーちゃん。まわりこんでデンジ君のカードを確認してたから」

「はあっ？」

「ガハハハ、楽勝じゃったのう」

腕を組んで得意げに笑うバディを見て、デンジは二、三度瞬《まばた》きをした。

「いや、それズルじゃんっ」

「ズルではない。ウヌが無防備に目を閉じたせいじゃ」

「まあ、パワーの言うことも一理あるな」

「うん、そうだね」

アキとマキマの賛同を受け、パワーはますます図に乗った顔をする。

「ガハハハ、これでデンジの十連敗じゃ」

「……」

デンジは握りしめたジョーカーを黙って見つめた後、それを唐突に口の中に放り込んだ。

「あっ、食ったぞ、こいつ」

「むっ、吐けっ、吐くんじゃっ」

「むぐうぅうっ」

室内を走りまわってアキとパワーの追跡を逃れたデンジは、それをごくんと飲み込む。

左右から腕を掴んできた二人に、ばぁと舌を出して言い放った。

「見たかっ、ババは残ってねえ。俺ぁ負けてねえぞ」

「……」

アキとパワーは、無言で顔を見合わせる。やがて、二人は肩をすくめて苦笑した。

「お前って、そういう突拍子もないことやる奴だよな、デンジ」

「相変わらず馬鹿じゃのう」

「……おお……？」

もう少し文句を言われそうな気もしていたので、デンジは若干拍子抜けする。

アキとパワーは、デンジの腕からゆっくりと手を離しながら言った。

「それだけ諦め悪けりゃ、次はマキマさんにも勝てるかもな」

「ガハハハ。期待しておるぞ、デンジ」

「……」

「はい、じゃあトランプ勝負は終わり。時間だからそろそろ行こっか」

二人の反応に再び妙な引っかかりを覚えたが、マキマが両手を打ち鳴らし、デンジの思考はそこでストップした。我に返ったデンジは、窓の外の暗がりに目を向ける。

「時間っても、もう夜ですけど、どこ行くんです？」

「外」

「外？」

「言ったでしょ。ホテルでくつろいだ後はお楽しみだって」

マキマの先導で、早川家の三人はホテルの外に歩み出た。

浜に近づくと、潮の香りが強くなる。月明かりの下、海に横たわる江の島は、周囲の闇に溶け込むように黒々としており、さながら冥府の入り口のようでもある。

「マキマさん、何が始まるんです？」

期待しながら尋ねると、マキマは静かに、という風に左の人差し指を口に当て、右手で闇空を指さした。

直後、ひゅるるるっと、細く甲高《かんだか》い音が、天に昇っていく。

そして、パーンという破裂音とともに、夜空に大輪の花が咲いた。

残響がまばらに弾《はじ》け、光が明滅する。

極彩色に染まった江の島の夜を背景に、マキマが振り返った。

「今日は花火大会なんだよ、デンジ君」

「花火、か……」

デンジはぽかんと口を開けて言った。

「あぁ、だからマキマさん今夜晴れるようにって」

「そう。神様にお願いした甲斐があったね。綺麗《きれい》だよね」

「ええ、まあ……」

楽しみというから期待していたが、デンジは若干の落胆を覚えていた。花火が悪い訳ではないが、腹が膨れる訳じゃないし、血がたぎる訳でもない。退屈とまでは言わずとも、それに近い感覚はあった。

正直、花火なんかより、さっさと晩飯や風呂を満喫したい思いであったが、アキもパワーも無言で空を見上げている。マキマの隣に行くと、花火が瞬くたび、淡い光の中に美しい横顔が浮かび上がった。

——ま、いっか。

デンジは腕を組んで、夏の風物詩をしばらく眺めることにした。

錦を飾る菊と牡丹《ぼたん》。

八方で軽快に咲く小さな花弁。

星の形や顔文字を模した変わりダネ。

そして、流星のように長く尾を引く黄金色の軌跡。

色とりどりの刹那の灯《ともしび》が、夏の夜空に浮かんでは消える。

——あれ？　どうしちまったんだ。

デンジは、空を見上げながら、再び妙な違和感を覚え始めていた。

花火が一つ、また一つと消えるたび、どうしようもない焦燥と寂寥感《せきりょうかん》が胸の中に渦巻く。

最初は早く終わって欲しいとさえ思っていたのに、今は無性にそれが寂しく感じる。

「マキマさん……？」

ふと横を見ると、いつの間にか隣に立っていたマキマがいなくなっていた。

「あれ？」

慌てて前に目を向けると、アキとパワーの背中が、少しずつ遠ざかっている。

「おいっ、アキ、パワー。何してんだよっ」

二人の進む先には、真っ黒に染まった江の島へと続く橋があった。

「おいって、聞こえてねえのかっ」

二人は振り返らない。

後を追おうとするが、体がなぜか鉛のように重い。

ねばついた大気が手足にまとわりついて、デンジの進行を邪魔する。

花火が上がる。

「おい、待て。待てよっ」

泥水をかき分けるように進みながら、デンジは大声で喘《あえ》いだ。

二人との距離はどんどん離れていく。

花火が弾ける。

——ああ、そうだ。

「アキっ。パワーっ。行くな、戻って来いっ」

必死に踏み出した右足は、しかし、アスファルトにずぶずぶと沈んだ。
二人の背中は、もう橋の中腹を過ぎている。
花火が散る。
――そうだった。
「くそっ、なんで……」
また、花火が上がった。
真っ白な光の線が、甲高い音を響かせながら、漆黒の空を縦に切り裂いていく。
大きいのが来る。
これが最後だと直感的にわかった。
――二人は。
「戻れっ……戻れっ……戻れええぇっ」
何かを摑もうとするように腕を前に差し出して、デンジは喉をからして声を荒らげる。
もうアキとパワーの姿は、ほとんど見えなくなっていた。
道路にめりこんだ足が突然すっぽ抜け、デンジは勢いよく前につんのめった。
――二人は、もう。
「くそっ、終わんなっ」
拳《こぶし》を握りしめ、歯を食いしばり、夜空を睨《にら》みつける。

そして、最後の花火が弾けた。

腹の底に響く破裂音が、夜を割らんばかりに響き渡る。

デンジの頭上に、暗がりの世界をまばゆく照らす、見事な大輪が咲いた。

「終わんなっ……終わんなっ……終わんなよおぉっ……！」

デンジは顔を歪《ゆが》めて、声を限りに叫び続ける。

しかし、悲痛なまでの願いの咆哮《ほうこう》も空しく、江の島の夜を彩った光の花は、その花びらを散らすかのように、闇の中に静かに溶け込んでいった。

きらきらと散りゆく残光の中で、橋の向こうの二人が、瞬間振り向いた気がした――

＋＋＋

「おい、どうした」

「……ん、あ？」

体を激しく揺さぶられて、デンジはゆっくり目を開けた。

鼻の奥がつんと痛み、ぼんやりした視界が徐々に焦点を結ぶ。

眼前にいたのは、白髪《しらが》交じりの頭髪に、無精髭《ぶしょうひげ》、口元に傷跡のある男。

公安対魔特異《こうあんたいまとくい》4課《か》の隊長、岸辺《きしべ》だ。

浅く息を吐いて、視線を周囲に巡らせると、そこは冷たいコンクリートが剝《む》き出しの薄暗い小部屋だった。菓子パンやスナックの袋が辺りに無造作に散らばっており、隣の床にはかつて公安の同僚だったコベニが寝そべっている。

岸辺は、デンジを観察するように眺め、小声で言った。

「急に叫び出すから何かと思ったぞ」

「叫ぶ……俺が……？」

「あまり大声を出すな。マキマに気づかれる」

「ああ……」

デンジは小さく頷いて、頭をかいた。

そうだ。マキマから逃げるために、岸辺の案内でこの隠れ家にやってきたのだった。

マキマは、チェンソーマンを欲している。

そのために普通の生活を与えられ、そして、全てを奪われた。

「気分はどうだ、デンジ」

「……よかねぇが、悪くもねぇっス」

これまでの公安での生活が、全てマキマの目的のために作られたものだと知り、まるで糞詰《ふんづ》まったトイレの底に落ちた感じだった。だが、昔からどんな嫌なことがあっても、一晩寝れば幾らか忘れることができる。

「悪くないなら、なんで泣いてるんだ」

「は？」

反射的に顔に触れると、言われた通り、湿った感触が指の腹に伝わった。

しかし、濡れた指先の冷たさとは裏腹に、胸の奥は不思議なことにじんわり温かい。

「わかんねえ……でも、なんか夢ぇ見た気がする」

「そんな状態でやれんのか」

「ああ……俺ならできる、ってよ」

「なんの話だ？」

「……なんだろ……？」

首を傾げながら、デンジはおもむろに立ち上がる。

確かに脈打つ心臓にゆっくりと左手を当てた後、デンジは岸辺にブイサインを向けた。

「じゃあ、ちょっとマキマさん殺してくるぜ」

■初出
チェンソーマン　バディ・ストーリーズ　書き下ろし

[チェンソーマン] バディ・ストーリーズ

2021年11月 9日　第1刷発行

著　者／藤本タツキ ◉ 菱川さかく

装　丁／岡下陽平 [Inazuma Onsen]

編集協力／株式会社ナート

担当編集／渡辺周平

編集人／千葉佳余

発行者／瓶子吉久

発行所／株式会社　集英社

〒101-8050　東京都千代田区一ツ橋2-5-10
TEL　03-3230-6297(編集部)
03-3230-6080(読者係)
03-3230-6393(販売部・書店専用)

印刷所／共同印刷株式会社

Printed in Japan　　ISBN978-4-08-703518-6　C0293